薄伽梵歌

徐梵澄 譯

長江出版傳媒
崇文書局

薄伽梵歌

印度室利阿羅頻多修道院出版

譯者序

五天竺之學，有由人而聖而希天者乎？有之，薄伽梵歌是已。——世間，一人也；古今，一理也；至道又奚其二？江漢朝宗於海，人類進化必有所詣，九流百家必有所歸，奚其歸？曰：歸至道！如何詣？曰內覺！——六大宗教皆出亞洲，舉其信行之所證會，賢哲之所經綸，袪其名相語言之表，則皆若合符契。諒哉！垂之竹、帛、泥、革、金、石、木、葉，同一書也；寫以縱行、橫列、懸針、倒薤之文，同一文也；推而廣之，人生之途，百慮而一致，殊塗而同歸，可喻已。

☆ ☆ ☆

人理則然，天理奚異？鼓萬物而不與聖人同憂，天理與人理又奚不異？七十子之徒，或少孔子三、四十歲，進之退之，因才而異，常所教者，多禮樂文爲之事，故言性與天道，賜也歎其不可得聞。莊子輒謂夫子廢心用形。而子路請禱，則曰：丘之禱也久矣。夫其用形是已，而謂廢心者，何歟？非謂思慮有無所可用者耶？……爰咨於釋，輒聞其說有談空。空者奚空？有者奚有？曰圓成實奚其實？曰淨覺隨順奚其隨順？藉曰自性，自者誰自？藉曰眞如，眞者奚眞？……爰咨於道：道也奚道，常也奚常，萬物之宗何是，至道之精何處？……叩三氏之學，將非昭昭冥冥，希夷髣髴，格于上下遠邇無不徧，形於衆生萬物無不周，至靜而至動，常有而無極者耶？其他立義標宗者，吾皆得執此而詰之矣。人理之封，思辨之智，名相語言之所詮表，有難得而測者矣。然舍是則無以立，不得已必落於言筌，則曰至眞，卽至善而盡美，曰太極，卽全智而徧能；在印度教輒曰超上大梵，曰彼一，人格化而爲薄伽梵，薄伽梵者，稱謂之至尊，佛乘固嘗以此尊稱如來者也。歐西文字，輒譯曰：天主，上帝，皆是也。

☆　☆　☆

姑舍是。——且印度古有大部落曰句盧者，以賀悉丁那普爲首都，今德里所在地也。其君名遯多羅史德羅，昏瞶，其子朵踰檀那失德，不足以王此大法之國；其弟班阜之五子皆賢，義當分國之半。然朵踰檀那以陰謀流放此五人於外者，十有三年。故皆矢志復國。

克釋拏，雅達婆部落之君長也，與句盧族爲友，甚欲解此一家兄弟之爭。時五人乞五邑以自安，朵踰檀那不許，謂雖針鋒之地亦不與。於是終不得不出於一戰。顧克釋拏初無左右祖也，遂辭其軍，謂得其軍者，不能得其人，得其人者，不能得其軍。朵踰檀那乞其軍，遂盡委之，己乃獨赴班荼縛之軍，爲阿瓊那之御者；阿瓊那，最善射者也，臨陣有退意，克釋拏一說，遂奮勇殺敵。大戰十八日，双方四百餘萬人皆盡，班荼縛勝而復其國。——此薄伽梵歌，即克釋拏陣前所說詞也。然皆托出之于桑遮耶之口，桑遮耶，瞽君之御者也，以其在戰場所見所聞，一一聞於其君。事具摩訶婆羅多大戰史詩，而此歌即該史詩毗史摩分第二十三章至第四十章也。（目錄見後）

婆羅多大戰，古信有其事矣，史詩作者，名維耶索，平生事蹟不詳。時代亦不詳。考史者大致推定詩成於公元前，或曰在公元前五世紀。撰者之意，蓋假一歷史事蹟，以抒其精神信念與宗教思忱。要其涵納衆流，包括古韋陀祭祀儀法信仰，古奧義書超上大梵之說，天主論之神道觀，僧祛之二元論，瑜伽學之止觀法，綜合而貫通之。書成在古奧義書以後，諸派哲學發展及其經典形成以前，則昭然可覩。世間宗教，莫不自有其獨立之寶典，而印度教之寶典，乃自一史詩分出，稍異；此史事非他，又至親骨肉同室操戈以相剪屠之流血史事，故說者往往視若莊列之之寓言；而天神降世之說，自來諸教皆莫能外者也，則謂天人相與之際，値人生奮鬥方興，人類精神遭際至大之危難，故天帝降世，親說此教言矣。

☆　　☆　　☆

雖然，抑非寓言之類也，蓋指陳爲道之方，修持之術，是之謂瑜伽學。求「瑜伽」一名詞之本義，曰「束合」也，「約制」也。俗諦則凡人所擅之能，所行之術，皆瑜伽也。廣義則爲與上帝相結合之道，爲精神生活之大全。大抵爲三：一曰知識瑜伽；宇宙人生之眞諦，超上神我之微密，有在於是焉。體其動靜，會其冥顯，觀其常變，達其實理，臻於解脫，至於圓成之學也。二曰行業瑜伽；離私欲之纏縛，遵至道而有爲，自法是依，性靈所托，在俗歸眞，保世滋大之事也。三曰敬愛瑜伽；堅信不渝，至誠頂禮，敬萬物中之神主，拜萬相外之太玄，物我爲一而畢同，保合太和而皆愛，其極也，與我契合，臻至圓成，乘彼逍遙，同其大用，斯則賢愚皆所易爲，前二道之冠冕也。——至若旁枝側出，其道彌弘，人各有修爲之方，師各有獨到之見。或赫他瑜伽，始潔身軀，練習體式，次學制氣，終期調心，列等分程，有爲有得。或羅遮瑜伽，其術較簡，修身守戒，專務止觀，寂慮斂凝，入三摩地。夫其靈明獨朗，契道亦有其由。他若祕授專持，具依密法，得其成就，重在神通，方士異人，術難究詰，呪語符籙，何可勝量，一守庸或有偏，至極終期解脫；若斯之類，皆屬瑜伽。——綜其大凡，以上三者。

☆　　☆　　☆

抑愚之翻譯是書也，未嘗不深思其故：耶、回、祆教，吾不得而論之矣。歐洲學者，輒謂其與新約在伯仲間，不知前後誰本。日耳曼學者羅林澤於一八九六年翻譯此歌，乃條出百餘處，謂思想甚至其文字有與新約福音書相同者，乃謂其抄襲新約聖經；然薄伽梵歌成書遠在公元以前，自不必論。近代甘地之記室德賽，於其譯本中廣引可蘭經等以相發明，亦可見諸教典之義相貫通。若謂超上本有一源，萬靈於茲具在，教主由之降世，宗教以此而興，此無論矣。或謂眞理原有一界，非必屬乎神靈，法爾宛如，唯各時代各民族之聖智入焉，斯其所見所證會皆同，此亦無論已。嘗就其同者而勘之，則不得不謂其合于儒，應乎釋，而通乎道矣。枝葉散義，鑿執較量，其事難窮，近乎煩瑣；無已，請略舉其一二大旨，比較而觀其會通可乎！是所就教于博達高明之士者已。

何以謂之合於儒也？——儒者，內聖外王之學也。經學罕言神秘，緯學乃多異說，無論經學緯學，未有不尊孔子者也。觀於史事，假令漢高祖過曲阜而未嘗祀孔子，漢武帝未嘗罷黜百家獨尊儒術，謂其遂不至於俎豆千秋亦不可也。然孔子曰：聖，則吾不能，孟子曰：乃所願，則學孔子也。後世逮及姚江支派，而猶曰願學孔子也，至清而學人之志稍衰焉。何也，以其內精微而外廣大，有非諸子百家所可企及者也。今若就其外王之學求之，則祖述堯舜，憲章文武，有非後世所能盡守者也，後世典章制度禮樂文爲無一不變，然其內聖之道，終古不變者也；非謂孔子之後，儒林道學遂無臻聖境者，聖者不自表于世也。

如何謂之聖？夫曰：心之精神之謂聖，近是已。雖然，此心也，理也。誠則不已，純亦不已，下盡乎人情，上達于天德，道無不通，明無不照，宇宙造化之心也。昭明之天，星雲光氣彌於其間，博厚之地，山岳江海載於其間，皆非蠢然之物而已也，具有靈焉；三才，造化之心也。一大彌綸而曰天道，曰天德，曰天命。人，非徒有生而已也，曰有生命。命也者，使也，「天之令也，生之極也，天所命生人者也。」「受命於人則以言，受命於天則以道。」故曰：「分於道，謂之命，形於一，謂之性，化於陰陽象形而發謂之生，化窮數盡謂之死。」又曰：「天命之謂性。」性也者，仁義理智之性也。成性則知命焉。春秋書邾子蘧蒢卒。其言曰：命在養民，死之短長，時也。君子謂之知命。夫子自道，五十而知天命。非其性與天合，奚足以知天命？夫曰：「大人者，與天地合其德，與日月合其明，與四時合其序，與鬼神合其吉凶，先天而天弗違，後天而奉天時。」曰：「窮理盡性以至於命。」是皆心學也，理學也，亦聖學也，希聖而希天者也。故曰肫肫其仁，淵淵其淵，浩浩其天。……

（按：「大人」謂「帝王」。緯書古義：「大人者，聖明德備也。」是卽內聖外王之學。朱子序易，亦引此文，而注云：人與天地鬼神，本無二理，特蔽於有我之私，是以梏於形體而不能相通。大人無私，以道爲體，曾何彼此先後之可言哉。——於此可見朱子之精詣。「性與天合」，亦漢儒舊義。是天人一貫之學。）

☆　　☆　　☆

雖然，合宇宙造化之心者，又何足以言喻？故曾子曰：江漢以濯之，秋陽以曝之，皜皜乎，不可尙已。以子貢之智而曰望夫門墻；是皆取譬之說。至宋儒輒曰觀其氣象。夫曰四十而不惑矣，則宇宙人生之祕蘊，既已洞燭無遺，生死之念，不置於懷，人我之間，無分畛域，是則修之以禮樂，博之以文爲，措之于至中，止之於至善。或遇館人之喪而垂涕，或值貍首之歌若弗聞，無他，一合乎天道，順之而行已；推而至於平居申申夭夭之象，非游，夏之徒所庶幾也；怪、力、亂、神，夫子不語，固知其不可以思智攝，不可與世俗言也。然其餘事足以知顏子三月不違仁，商瞿四十而有後，若此之類，又皆至微者也。

☆　☆　☆

此內聖之學，薄伽梵歌所修也。輒曰：皈依於我，我者，儒家之所謂天也。然不諱言神，神奇變現，將非道之華腴而去其枯淡歟？尙文者，視爲繁辭以藻說；學道者，信爲實事而不疑；此其大本也。稍尋端緒：仁義之性者，彼所謂薩埵性也，擴而充之，至極且超上之，與吾儒所謂體天而立極，一也。夫子絕四，一曰毋我，與彼所謂毋我或毋我慢，一也。毋我而毋意，毋必，毋固隨之，三者絕而毋我亦隨之，皆彼修爲之事中所攝也。孟子嚴於義利之辨，而彼曰循自法而有爲，曰天生之職分，即義之所在也。戰陣無勇，在儒門則曰非孝也；在彼則爲生天之道，克釋拏所極諄也。禮，分散者，仁之施也，在彼則布施有其薩埵性者也。儒者罕言出世，然易曰遯世不見知而不悔，孟子曰，窮則獨善其身。春秋多特立獨行之人，使孔子之周遊，値天竺之修士，必曰隱者也。孔門亦未嘗非隱者也。古天竺之修士，在人生之蕉年，不及期而隱，不貴也，在儒家亦必曰非孝也。孟子曰人皆可以爲堯舜，與彼所謂雖賤民亦可得轉依而臻至極，其爲道之平等大公，一也。

內聖外王之學，至宋儒而研慮更精，論理論性論氣論才，稍備矣。勘以此歌主旨，則主敬存誠之說若合焉；理一分殊之說若合焉；敬義夾持之說若合焉，修爲之方，存養之道，往往不謀而同；在宋世釋氏且爲異端，印度教更無聞焉，自難謂二者若何相互濡染，然其同也，不誣也。

☆ ☆ ☆

凡此諸端，皆其理之表表者也。歌中自述爲皇華之學，祕之至祕，較之儒宗，逈乎有別，儒家罕言神祕，後世儒者或談氣數，終亦不落於神祕；以王船山一代大師，而謂至大而無畦畛，至簡而無委曲，必非祕密者也，一落乎神祕，似已非至大至公，而其中有不足者然。然而儒門精詣，直抉心源，窮理盡性以至于命，上而與大化同流，所謂聖而不可知之謂神者，亦祕之至矣。宋人論後世人才，非不如三代，然儒門淡泊，收拾不住，輒爲他教扳去；觀於他教，亦何嘗不淡泊，有且至於枯槁者；獨不以神祕自表曝於世，是以謂之淡泊耳。二千五百餘年前，印度教與儒宗，兩不相涉，其相同也若此！尤可異者，孔子之教一集大成，三代文物禮教之菁華皆攝，而後有戰國諸子之爭鳴。在印度則此書之法一集大成，盡綜合古韋陀等教義而貫通之，而後有諸學派及經典競起。其運會之相類又若此！

觀其同，固如是矣，以明通博達之儒者而觀此教典，未必厚非。若求其異，必不得已勉強立一義曰：極人理之圜中，由是以推之象外者，儒宗；超以象外反得人理之圜中者，彼教。孰得孰失，何後何先，非所敢議矣。三家以儒最少宗教形式，而宗教形式愈隆重者，往往如風疾馬良，去道彌遠，於此歌可以無譏，可謂一切教之教云。

☆　☆　☆

何以謂之應乎釋也？——本爲一物，不曰合、同；前引後承，姑謂之應。儀法之教，至韋檀多時代浸微，迄佛出世千餘年間，婆羅門之法席幾於盡奪，舉往昔傳承之繁文淫祀，階級，迷信皆加變革，以印度社會史觀之，未始非一大啓明運動也。然大乘及密乘之興，皆印度教所資益；及其衰也，又獨尊而光大，薄伽梵歌之學，遂盛行至今。其中原有耿耿不可磨滅者在也。

今稍就其大略言之：曰信，曰行，曰證，三者皆具，自爲正法無疑。雖然，昔者，窃聞之，雪藏之南，高丘之上，有聖湖焉，淵然以清。其水，則甘露也，飲之得永生焉。三毒，所除也；羯摩，所滌也；無明，所湔也；煩惱，所濯也；輪迴，所息也；明智，所增也；安樂，所施也；……若斯之類，自韋陀教以下，諸宗各派之所共信，遑論佛教，即耆那教亦未能外也。六度未舉其數，歌中歷歷可指也，度舟，早見於黎俱者也。因緣十二支佛所獨詳，然其義咸在也，亦非創於此歌，無明亦早見於韋陀，識緣名色，名色緣六入等支，散見諸古奧義書。六度之阿脩羅在韋陀中無不善義，傳至薄伽梵歌時代，其義已變，與後之佛法中義同；然諸天，則猶韋陀之諸天也。天神降世之說，歌中之警策也，而彼淨飯王子，豈非謂乘白象而至者歟？其相應也若此。然而千餘年來，兩教人士，勢如水火，諍端癥結，一在於有上帝或無上帝，一在於是幻有或非幻有；此以成正覺爲超詣，彼以合天主爲極歸，各自是其正宗，相互斥爲外道；此外多枝葉散義之殊，理實名稱之異；或則儀法迹象間事耳。雖然，掇拾諸餘，聊陳數意：

數論神我自性之說，法相唯識師勢欲以因明破之無餘。薄伽梵歌同數論之分，廣說二自性三神我；其超上神我，乃双涵有功德無功德大梵，爲一爲多，顯于自性又超于自性，立說乃精妙圓明，此彼因明所不及也。以時代論，且稍軼因明發展之前。吾誠不知商羯羅之摩耶論，與龍樹之中觀，相去奚若；讀其所造赫黎諸頌及三書之疏等，將毋于大全眞理，僅有其名相與偏重之殊？要之後世論師，運用因明，了無差別。比量推理，立破斐然，狹義三支，詞鋒犀利，二教因明固皆微妙，耆那教因明且立十支。皆以應思辨之內者綽然，度理智之外者不足。入其界域，卽有終窮；離彼方隅，浩茫莫測也。芥子須彌，大海牛跡，將謂三支五支，遂可彌綸宇宙哉！是以聖言一量，論師杜口；如韋陀之象徵隱喻，尤所難窮；妙道玄微，必躬親證知，了於心目。何况因明，尙且非語言所限也。此其一。

☆　☆　☆

瞻部諸宗，莫不指歸解脫，同法同界，理致彌辨，就佛法視之，則解脫極詣，無過涅槃。此不可一概而論也。小乘涅槃，虛無寂滅，就此觀之，乃汩沒私我，入靜定無爲之永恆大梵中，可謂負極絕待。而入大梵涅槃者，乃更上與「超上補魯灑」契合，合其德，同其體，返其眞，一其性，双超動靜之表，可謂超極絶待。非謂一捨此身，頓成解脫；非是迷有漏天，作無爲解；非標究竟無得，即是菩提；非指寂滅精圓，而爲彼岸。而度世利生，更由茲起。固也餘依皆盡，斯還於太上靈明，直入空有之本源，達彼一永恒之眞際者已。夫人生究竟，本非入滅而無還，縱或事有可能，如實理非正大，貴其上合至眞，双超生死。由斯而有所指，以非無所從來。大乘廣利羣生，無學終爲小果，斷滅有聞外道，等平正爾弘慈，自來大乘論師，多成此轉。如入無色天者，相佛而不及見其弘法，是以有悲。倘使多生結習，次第皆除，神聖新生，茲焉不異，解脫不期而致，轉化自在而成，安樂法身，去來無礙，保世弘道，無或疑焉。論於世俗，譬如襄陽居士，千古不可無一，亦不可有二者也。而雪山夜叉，斬其半偈，生滅滅已，寂滅爲樂，豈究竟義諦歟？此其二。

☆　☆　☆

夢幻六如，大乘了義。俗人學佛，萬相皆空。此所謂一刀斷纏，殊非解縛。藉以袪其我執，此亦方便法門，若論宇宙淵源，竟非大全眞諦。夫曰諸相非相，因非顯是而已，偏契極眞，遂覺皆相，是者終是，相還如是。摩耶義爲幻有，乃低等自性之無明，此必非於一眞之前，造本無之相。何況萬德萬善，法界森然，大慈大悲，流注無竭，豈可曰此皆幻有，等是虛無。此世俗勝義，兩無乖背者也。倘使攝末歸本，明體宜求於用。空固未離於有，如初無益於眞。故知無所住而生其心者，從入之一途，不住於相者，修爲之一法，理皆偏至，事則權宜。夫其誓願出家，堅誠求法，此必非以如幻之心，學如幻之佛，證如幻之道，度如幻之生，例此一端，可以明矣。薄伽梵歌行世，遠在大乘發揚之前，淳源未漓，坦途無礙。既不以空破有，亦不以有破空，但使双超上臻，初未旋說旋掃，固曰無始無上之大梵，非有非非有是名也。（拾叁，十二）後世治法相學者，輒曰五法三自性皆空，八識二無我俱遣，既空既遣，必證必得，上方猶大有事在。斯則依他實依眞我，非如蘆束相交；鏡智自鏡圓成，有照双棲同樹。此其三。

☆　☆　☆

淨土一宗，吾華尤盛，簡易平實，流布廣遠，溯其淵源，固自此教出也。夫其行事雖似凡俗，其祕奧正未可量，宇宙間原有大力載持，非小我私意所可測度也。唯識宗於五力不判，正以其弗可措思，密乘除災、增益、降伏、攝召之事，亦由茲衍出。若隱世利濟，功效可觀，若顯表權能，機禍彌烈；下有所求，上乃相引，往生得度，各賴信忱；舉凡念誦禱告之義具在於是。夫精誠所至，金石爲開，一懺悔而物我同春，一惻怛而蒼生霖雨，謙變虧盈之數，復見天地之心。務當銷除己私，克制欲念；毫芒之判，事異淵雲，吁可愼已。夫耶、回博愛，孔子言仁，與佛法慈悲，同源一貫，內心原不限於思辨，妙用亦不囿于人間，所謂大威德之施流，有不可思議者矣。不然，古印度聖賢，亦不以敬愛瑜伽，爲三道之極尊也。此其四。

☆　☆　☆

佛法頂珠，禪宗妙悟，不立文字，無朕可尋，蓋非顯了者之道，難爲有形軀者所諳，歌中有述也。究其用力措心，竟無立錐之地。以論身心性命之全般轉化，事功行業之自在光華，殊與法付無法不侔，亦與枯木寒岩未稱。必至運水搬柴，無非妙道，法身安樂，等是牟尼。若功在一朝，亦難相擬。竊疑其理究竟無有不貫者，彼徧周宇宙又超宇宙之太一，在無明中又在自性中之士夫，斯亦得之于無相可擬之前，或會其靜定眞常一面，是則心佛衆生，三無差別，當下卽是此體，何有文字語言！所以能一棒一喝，大徹大悟也。卽知卽能，卽悟卽道，棒喝象徵神用，機鋒迸出妙源。擊發靈明，斷絕疑路。若使原無有在，蒸砂必不成粢；究其不致落空，適非深龕無坐者也。宗依教本，教以宗榮，倘能一超直入，正爾三學相資，世徒見其竪拂振威，未尋其守戒修定，當其上堂呈偈，振錫遊方，惡辣鉗鎚，淋漓棒血，舉似酬答，常落臼窠，參究話頭，全依自力，又遠非此平實依他之易行道可比也。及至明語言之不足，知思慮之唐勞，兩邊不可以契極中，小慧不足以當大事，由是廓清一切，呵佛罵祖也歟！論厥聖功，亦未止此。諒哉！奇亦無奇，秘乃至秘，終不若全歸敬愛，還我故家，有道有方，愈瞻愈近。善知識當知：此際直在毗盧頂上行也。此其五。

☆ ☆ ☆

五義之餘，請稍稽史事：遠者不論，佛法未入中國以前，周秦西漢之世，人生剛健，充實光輝。晚周諸子，學術爭鳴，東漢士林，聲實弘大，古無前例，後罕繼蹤，固由往聖之德澤未渝，禮教之菁華未竭。然其弊也，英雄事去，則縱情於醇酒婦人；君子路窮，唯有使祝宗祈死。要皆性命之本眞是率，局限於形體之封。黃老盛而人生觀爲之一變，佛教傳而人生觀踵之再變。自是葆眞遐舉，削髮披緇。澹情累於五中，棲心神於遐外，浮世之樂旣非樂，有生之哀亦無哀，由此憂悲苦惱始稀，常樂我淨之說皆入。而其弊也，則渾淪浩瀚之眞元鑿，深純樸茂之德澤虧，博大光明之氣象陰，篤厚善良之風誼薄矣。鼓芳扇塵，經唐歷宋，救苦誠然救苦，利生亦殊利生，盛興未及千年，迄今遂趨末法。夫斲彫不可返樸，澆漓不可復淳。今欲廢除佛法而復興殷周之禮，事不可能；欲導揚佛法而紹隆唐宋之觀，亦勢所不許。無已，倘弘雅量而於佛教以外求之，則同出西天，源流異派，可資裨益殊堪尊尙者，猶大有在也。夫道本無分，羣非可出。一麻一麥，猶藉耕耘，半縷半絲，終由紡績。則誠所謂逃空虛出塵世者，果何可得也？以此歌而論，天帝降世，乃激勵猛士赴戰場，以建立正義大法之國土，非可異歟！例此一端，足以救弊。大致古婆門之頹廢，佛教皆可匡正之。小乘之不足，大乘足以博充之；末法之罅漏，新起印度教可以彌縫之。更互代興，後來居上，獨尊光大，今數百年，大濟斯民，同功異位，且遠播歐西，又百餘年。吁嗟！非無故矣。

何以謂之通乎道也？——談道者宗老子，豈不曰：天得一以清，地得一以寧，侯王得一而爲天下貞？又曰：抱一以爲天下式。一者何？太一也，彼一也。無上大梵也，超上神我也，超上自在主也，名異而實同。——歸根曰靜，是謂復命。復命曰常，知常曰明。根者，本也，在上而非在下者也。喻之曰天地根，是則歸根者，豈有異于臻至虛靜不變不動永恆之神我耶？

且老子之所謂德，尋常世俗之所謂道德，歌中所謂薩埵性者也。然更有無上自由超極之性，非尋常道德名相所可囿者，此之所謂上德不德。——唯芴唯恍，曰希曰夷，杳杳冥冥，其中有眞，皆所謂彼一之德，自我之眞性也。盡其名相語言之能事，表此無上本體，兩家皆不能盡，亦無以異。

進而觀其最相合者，曰爲無爲，事無事。夫曰爲無爲者，非塊然無所作，偷視息於人間者也。不動於欲念，不滯於物境，不着以私利，不貪於得果，不眷於行事，不擾於靈府，以是而有爲於世，即所謂爲無爲也，終至於有爲無爲，兩皆無執焉。皆歌中之義也。而其于宇宙人生之觀念，有一要義曰等平。土塊、金、石；大國，小鮮，在彼道流，相去奚若？如是者，奚其白，奚其辱，奚其不足，奚其不芻狗萬物？如是者，微妙玄通，深不可識！

更求其爲道之方：曰去甚，去泰，去奢。曰致虛極，守靜篤。曰爲學日益，爲道日損，損之又損之，以至于無爲。曰我有三寶，一曰慈，二曰儉，三曰不敢爲天下先。……凡此，歌中所常見也。夫其所損者，袪其我慢，克制情欲，變易低等本性以成就其高等自性也。積極言之，損之又損之，謂盡其所以爲己者，一委於至上至眞，視若犧牲已，亦皈誠奉獻之義也。

雖然，何哉？將謂千古一大教典，而教人以術自取足於世耶？曰用柔，莊生且曰用弱。曰專氣致柔，曰以天下之至柔，馳騁天下之至剛，曰江海所以爲百谷王者，以其善能下之。曰大國以下小國……嗟乎！凡此皆喻投誠皈命之事也。識人生之有限，觀大化之無窮，知其無可奈何而安之若命。一宅而寓于不得已，致虛極，守靜篤，損之又損，下之又下，柔之又柔，弱之又弱，以對越此萬物內中外在之至眞，於以挫其銳，解其紛，和其光，同其塵，於是而無爲之爲出焉，於是而妙竅見焉，於是而大道可行矣！

且夫至眞者，無所措其心智語言者也。故曰滌除玄覽；侗乎其無識，一委之於此太上者，然後與彼契合而逍遙於聖域焉，則弘道救世利生，何莫由此而出矣！此亦瑜伽之能事也。固曰：吾言甚易知，甚易行。道之至易而至妙者也；以是而混休戚，同欣哀，齊彭殤，達生死，皆無論矣；將謂委蛻形軀而我果亡乎？大浸稽天而我果溺乎？坻頹山崩而我果傷乎？死而不亡者壽，彼，永生者也。

於史事觀之，道之顯明，乃常在擄亂之世，載胥及溺，民不聊生，典章喪淪，制度破壞，分崩離析，朝不保夕，於是歸栖之意常多，安隱之求愈切，故老、莊出於衰周，而魏、晉道流多卓犖，以此歌而論，出於至親骨肉相殘之際，亦人生由外轉內之機也。而世之解老、莊者，一誤于申、韓之尅核，再誤於方士之求仙，皆強索玄妙無上之眞，于粗重形下之器，未得乎牝牡驪黃之外者也：至若導引服氣，固形養壽，與彼瑜伽，亦多合轍。以術而輔道則同然，爲術而行術皆無可。不然，卽歐陽公所謂始于一念貪生，雖壽至千歲，功在一身，亦何益矣！或者此書一出，可資攻鑒而相得益彰也歟！其佐證正未可一一數也。

☆　　☆　　☆

就此三家，略標大致。愚久居天竺，行篋無書，舊學旣荒，新義難得，惜無從取諸載籍，比勘深求。然意其入華也，必然無閡。雖然，亦又嘗深思其故，今世中西學術昌明，分科繁細，重外輕內，枝葉深蕪，而人生大端，或昧略矣。世愈不治，亂離瘼矣。倘世界欲得和平，必人心覺悟而循乎大道，舉凡儒、釋、道、印、耶、回，皆所當極深而研幾也。是皆身心性命之學，略其形式，重其精神，就其所長，自求心得，不議優劣，不畫畦町，開後世文明運會之先端，袪往古異教相攻之陋習，則大之足以淑世而成化，小之足以善生而盡年。夫智無涯而生有涯，世界五千年之文明，東西方之智術，安可窮也？安可窮也？何居乎？量沙算海，泛濫無歸！若考信典籍，專務外求，則新莽時人有死于書卷間而不悟者。若守道不堅，立義不篤，則近世學者有六變而駭世焉者。然則存其大體，身體力行，深造自得斯可矣。且自有人類，智術發于心源。今聚全世界古今教典圖書，亦不能謂眞理罄盡于是也。而世變愈深，禍亂愈烈，雖夢所未見，亦事之恆有，必不能盡求於史有徵，于法有據而相應。然則唯有返求諸己，覺自內心，常養靈明，不枯不竭，則眞理層出，大用無窮，寶珠在衣，靈山不遠，不疾而速，不行而至，竟可得其嚮導，臻至圓成，要之希聖，希天，終必發蒙乎內心矣！——奘、淨而後，吾華漸不聞天竺之事，幾不知佛法以外，彼邦原有其正道大法存，而彼亦未知吾華舍學于釋氏者外，更有吾華之正道大法存焉。以言乎學術參證，文化交流，近世乃瞠乎歐西後塵，倘從此學林續譯其書，正可自成一藏，與佛藏，道藏比美。閒嘗聞其當代領袖，竟以此一歌而發揚獨立運動，士以此白刃，赴湯火，受鞭朴，甘荼毒而不辭，卒以獲其國之自由。嚮者吾遊天竺之中洲，接其賢士大夫，觀其人人誦是書多上口，又皆恬澹朴實，有悠然樂道之風，是誠千古之深經，人間之寶典矣。譯成，附以註釋，幷識其涯略如此。壬辰秋分，徐梵澄序于捧地舍里時依法國　聖慈座下。

室利薄伽梵歌始此

第一章

一、

遜多薩史德羅言：

於此法田句盧之地兮，
咸齊集而奮欲交綏；
我屬與班茶縛兮，
桑遮耶！彼等胡爲？

二、桑遮耶言：

邦君朶踰檀那兮，

觀班荼縛之聚屯，

來至阿闍黎前兮，

乃如是而進言：

三、阿闍黎！觀彼班卓諸子兮，

成此大軍！

是君之弟子所部署兮，

都魯波陀子之勳。

四、

是皆英雄而善射兮，
陣前與毗摩，阿瓊那等倫，
庚庚坦那，與維羅咤，
及都魯波陀敵萬弓人，

五、

特黎史計都，與掣岂丹那，
及迦尸之王以勇聞，
弗盧芰孔底毫遮，
與尸畀人之君，

六、

禹坦曼尼羽雄猛兮，
慍怛沒赭爲勇異，
繅婆陀與陀勞波提耶，
皆萬夫之統帥。

七、

而我軍之良將兮，
精銳君亦當知！
君「婆羅門之至上」兮！
說與君爲諏咨。

八、吾師，與毗史摩，
羯拏，與羯勒波皆常勝於戰中，
阿濕縛他摩，與維羯拏，
繅末陀底兮亦同。

九、其他英雄甚衆兮，
爲余皆欲捐生，
種種兵器具備兮，
悉嫻習於戰爭。

十、

我軍有不足兮，
護軍者毗史摩；
而彼軍盛壯兮，
護軍者毗摩。

十一、

爾等其於諸路前，
一一按隊伍而定立！
唯毗史摩是保兮，
諸將士其齊集！

十二、

乃鼓舞其壯氣兮，
彼威猛之大父，句盧之叟，
高吹戰螺兮，
作大聲如獅子吼！

十三、

於是鞨鼓，應鼓，大鼓兮，
與軍螺，畫角齊鳴。
諸一時而頓作兮，
攙撞譟亂其聲。

十四、

爰乃駕以白馬兮，
　御乎大輅之車；
亦各吹其天螺兮！
　阿瓊那，與克釋拏。

十五、

赫里史計舍鳴其「巨人骨」兮，
　檀南遮耶吹其「天施」，
「狠腹爲恐怖事者」兮！
　亦聲其巨角「匏荼羅」。

十六、

孔底子邦君于地瑟恥羅，

亦吹其螺名「勝無涯」；

那拘羅，與薩賀提婆，

各吹其「妙聲」與「珍珠花」。

十七、

迦尸之王善射兮，

施康地爲艮乘，

特里施荼都孟那，

維羅咤，與薩底阿契無能勝。

十八、 都魯波陀，陀勞波底諸子，

與「巨臂繅婆陀」……

大地君王兮！

諸方各吹其戰螺。

十九、 其聲震驚天地兮，

轟凮激響。

遜多蘿史德羅諸子兮，

心焉動搖。

二十、爰覩遜多蘿史德羅諸子兮，
成列而矢石將下；
猿幟之班卓子兮，
方引弓而欲射。

二一、大地君王兮！
時彼謂赫里史計舍言：
阿瓊那言：
阿逸多兮！
駐我車於兩軍之間！

二二、

俾我得觀彼等兮，
　整齊躍躍將戰；
竟誰與我周旋兮？
　值初以兵戈相見！

二三、

而得覩此羣衆兮，
　求戰咸集於斯。
彼惡慧逖多薩史德羅子兮，
　衆欲爲彼戰而悅之。

二四、

桑遮耶言：

古咤計舍既如是言，
婆羅多！彼赫里史計舍
遂於兩軍之間
駐彼無上兵車；

二五、

而面對毗史摩與陀拏，
及諸邦國之君，
乃言：觀之！帕爾特！
此句盧之羣！

二六、
於是帕爾特觀之：
對立者皆父輩，祖父輩，
阿闍黎，母舅，兄，弟，
子，孫，及諸儔侶，

二七、
及外舅，暨諸朋友……
見林立於兩軍兮，
皆親姻而對壘。

二八、

深憫惻而悵望兮，
孔底子悲傷而有語：
阿瓊那言：

此皆我之親串兮，
克釋拏！觀其對峙而鼓舞！

二九、

我四肢疲憊兮，
口舌爲焦；
毛髮爲豎兮，
軀體搖搖。

三十、

大弓墮自我手兮，
肌膚如灼，
我幾不能自立兮，
心飄飄如無托。

三一、

凱也舍筏兮！
我見兆之不祥。
誠不知果何益兮？
殺親串於戰場！

三二、

克釋拏！我不願勝利兮，
亦不求王權與安樂。
歌賓陀！王國於我何有兮？
安樂驯至性命將奚若？

三三、

求王權，享受，與歡樂兮，
實爲彼等之故也；
而彼等方集於茲戰爭，
棄捐性命與財富也。

三四、

親教師，諸父，諸子，
以至於大父，
母舅，外舅，諸孫，
中表，暨餘親屬也。

三五、

我不欲殺彼等兮，
雖我身而被戮也。
縱爲三界主而不爲之，
況王此土地而獨也？

三六、

殺彼逖多蘿史德羅諸子，
又奚足以爲我愉？
我輩適陷於罪惡兮，
而殺彼等暴徒。

三七、

故我輩不當戮彼兮，
彼等我之宗族。
摩闥婆兮！
戮宗親奚爲有福？

三八、

雖彼等貪冒昏心兮，
不見亡宗親之罪，
與欺朋友之惡，

三九、

瞻納陀那！
我輩固見殄宗之虐。
然則胡爲不戢兮，
知自免於斯瘼？

四十、家族毁、則傳統宗法皆廢兮！
宗法廢、則舉族皆陷於非法！

四一、非法囂張兮，
則家庭之婦女失貞！
婦女失其貞潔兮，
則族姓之淆亂滋生！

四二、淆亂則有地獄之禍兮，
降於族，降諸殄宗親之人，
其祖禰之靈斯隕兮，
麥飯與水漿之祀其湮！

四三、由彼等殄滅宗親之罪兮，
及混淆族姓之惡；
伊昔傳承之家法兮，
與族姓之法皆索。

四四、我輩固嘗聞之：
彼家法廢壞之人，
贍納陀那！
入地獄其永淪。

四五、嗚呼！
我輩必陷於大罪兮！
決將剪戮我宗親，
以貪享王國之福。

四六、彼逖多蘿史德羅諸子，
若入陣手刀兵以加我，
我無拒亦不執兵兮，
斯在吾而寧可！

四七、桑遮耶言：
臨陣既作是言，
阿瓊那仰於車坐。
棄擲弓矢兮，
心憂意韡！

第二章

一、

桑遮耶言：

如是悲憫兮動魂，

淚盈盈於雙目兮，心煩寃。

摩脫蘇陀那

乃如是而進言：

二、

室利薄伽梵言：

阿瓊那！迫茲危難兮，
何自而生汝此沈憂？
此非亞利安人之素行兮，
亦非升天之路由，
又適爲譏謗之所投！

三、

毋自陷於孱弱兮，
此於爾非洽適！
去爾心卑下之愁積兮，
起！起！克敵！

四、

阿瓊那言：

阿利蘇陀那！

彼陀拏，與毗史摩皆可親敬；

我何能發矢兮，

而射之於行陣？

五、

存此偉烈諸師兮，

在世余寧餐乞丐之食也。

固皆加我善願之師，

殺之，則宴享我嘗皆血色也。

六、於茲竟不知孰愈兮，
為彼勝我抑我勝彼？
戮彼等而我輩亦痛不欲生兮，
彼逖多囉史德羅諸子——茲焉對壘。

七、愴惘為過蔽我本性兮，
於正法心意然疑。
二者孰愈兮？
問君為我決之！
我為君之弟子兮，
告余！皈依我師！

八、不知如何而能去此煩憂兮，
此焦灼我諸根；
於世雖得無敵而富庶之國土兮，
又爲明神之至尊？

九、桑遮耶言：
克敵如是言於赫里史計舍；
遂謂歌賓陀云：
「我則不戰！」——而歸於沈默。

十、

婆羅多！

彼處兩軍之間而憂心悄悄兮；

赫里史計舍熙顏如笑兮，

乃爲是言：

十一、

室利薄伽梵言：

爾憂所不當憂者兮，

尚作明智之言；

智者不憂已逝之人兮，

及人之在存。

十二、

非我未嘗存在兮，
非爾，非此諸王；
又非我輩於未來兮，
凡存在而或亡。

十三、

如性靈於此身兮，
歷童年，少，壯，老衰，
如是而更得一身兮！
智堅定者於斯不疑。

十四、與物境相接兮，
感寒温與苦樂；
斯皆有來去而無常兮；
爾強忍爲堅卓！

十五、平等於苦樂而堅定兮，
此皆無由累嬰；
嗟爾「人中英傑」兮！
彼堪入乎永生。

十六、

無有者非有是兮，
已是者非無有；
之二者之究竟兮，
知眞之士所覩。

十七、

知彼爲不朽者兮，
由彼而羣有徧是。
人無或能兮，
使不變者而毀。

十八、

在身則爲所稟兮，
彼常存，不可量，而不磨。
其身則云有卒兮。
是故戰兮！婆羅多！

十九、

或以此爲殺者，
或思此爲所殺；
二者皆不知兮，
此非能殺非所殺者。

二十、彼未嘗或生，亦未嘗滅，
未爲已是兮，或又將是非是；
未生，常存，永恆，而太始兮，
身雖戮兮彼不毁。

二一、有人知此爲不生不滅兮，
無變易而常恆；
帕爾特兮！
彼殺人或使被殺其焉能？

二二、

如棄敝衣兮，
　人斯革取其新；
如是棄捐故體兮，
　性靈入乎新身。

二三、

唯斯火不能焚兮，
唯斯刃不能刊，
唯斯水不能濕兮，
唯斯風不能乾。

二四、

唯斯弗可割，弗可燒，
弗可暵，弗可溺兮，
恆常，徧漫，無變，弗動，
——邃古永歷兮！

二五、

斯則謂之不顯，不變易兮，
不可思量；
倘知彼其如是兮，
汝故不可憂傷！

二六、

若汝思彼爲常生而常滅兮，
縱如是，巨臂！汝故不可憂傷！

二七、

生者之死定然兮，
死者之生必當。
故於必不可免之事兮，
汝竟不可憂傷！

二八、

萬物作始皆爲不顯兮，
婆羅多！而獨顯於中；
其消亡又歸於不顯兮，
於斯竟胡爲乎憂忡？

二九、

有人視彼如奇異兮，
有人說彼如奇異兮，
有人聞彼如奇異兮；
人雖聞兮……無人知彼！

三十、彼居衆生身內兮，
永恆而不能殺。
婆羅多！於一切衆生兮，
汝故不可憂傷！

三一、且有鑒於自法兮，
汝尤不可戰慄！
舍正義之戰鬥兮，
剎帝利事無更優越。

三二、

刹帝利其慶幸兮，
如此戰爭自來；
帕爾特！蓋偶爾得之，
如値天門之開！

三三、

倘爾將弗作此正義之戰兮，
自法與聲名皆忝，
且逅汙玷！

三四、

而且此非名譽兮，

凡夫永將議爾；

榮譽英雄而蒙耻兮，

固遠不如死矣！

三五、

彼諸乘御大將兮，

以爾爲畏故臨陣而逃；

素爲彼等所尊上兮，

將鄙薄之是遭！

三六、

醜言滋多兮，
將發自爾之敵，
譏謗爾之勇武兮，
孰有甚於斯慼？

三七、

死之！爾得生天！
勝之！爾享斯土！
起！起！高底夜耶！
戰兮！爾其決取！

三八、平等於苦樂，得失，勝敗兮，
乃備而赴戰，
——如是爾不得罪。

三九、此授爾爲僧祛之智兮，
更聽余說瑜伽：
與瑜伽智其和合兮，
以此爾決行業之網羅！

四十、於此事功無或唐捐兮，
無得果之乖誤。
縱斯法之少許兮，
亦救人於大恐怖。

四一、是中決定之智兮，
厥唯一端。
非決定者之智度兮，
則枝蔓而不完。

四二、帕爾特兮！

樂於韋陀之讚歌，

愚者乃作巧言，

謂：舍此以外無他。

四三、以情欲爲性兮，

以天國高標，

求再生由行業而得果兮，

以繁瑣儀法爲要；

蓋趨於享樂兮，

而威福是徼。

四四、

執迷乎權威自在兮，
其心爲斯言所剽。
無決定性之智兮，
不堪入三昧而無搖。

四五、

韋陀皆三德爲境兮，
阿瓊那！爾超乎三德斯可！
超對待之偶儷兮，
常安定於薩埵，
無心於得之守之兮，
獨建立於「自我」。

四六、如徧處水漫兮，
而小池之爲用！
如有用於明智之士兮，
是韋陀之讚頌。

四七、爾之分唯在於行兮，
無時或在其果。
勿因業果故爲兮，
亦毋以無爲而自褱。

四八、

安定於瑜伽而爲事業兮，
　棄執着！檀南遮耶！
於成敗其等平兮！
　平等性謂之瑜伽。

四九、

行業誠遠遜於智慧瑜伽，
　爾其皈依於智慧！
爲得果而爲業兮，
　斯可憫嗟！

五十、與智慧而和合兮，
茲雙棄善、不善業。
故爾且趣瑜伽，
瑜伽在諸行爲便捷。

五一、哲人與智和合兮，
行業生果斯棄，
解脫乎有生之纆縛兮，
入乎無垢氛地。

五二、

時爾之智慧兮，
脫癡闇之紛紜，
時則無動於中，
於當聞與所聞。

五三、

若汝以所聞而迷惑兮，
智堅立而不搖，
居三昧而不動兮，
時則瑜伽其能調。

五四、

阿瓊那言：

何謂堅定之智，

屬彼深入三昧人？

智定者云何語？

云何坐？

云何行？……

五五、

室利薄伽梵言：

時舍心之欲望皆罄兮，

以已唯安於「自我」！

是時其人謂之智堅定兮！

五六、處憂患而心無惱亂兮，
居安樂而不執持，
離貪、離畏、離嗔兮，
是人謂之定智牟尼。

五七、彼徧處無凝滯兮，
美惡隨其相應，
無欣欣亦無戚戚兮！
彼智則爲堅定。

五八、

時彼如龜之藏六兮，
諸根退於根境兮！
彼智則爲堅定。

五九、

物境則離兮，
離彼無耽執之有身；
猶存之味想亦離兮，
儻有見乎至眞！

六十、

智者雖自律兮，
　高底夜耶！
彼諸根之剽疾兮，
　亦強奪其心。

六一、

凡此彼皆能制兮，
　合太和坐觀「我」爲最勝；
　力能自制諸根兮；
彼智則爲堅定！

六二、人而懷諸物境兮，
遂於境而起執，
執起而生貪欲兮，
貪欲興而瞋恚斯集，

六三、由瞋恚而生癡，
癡生而憶念忘失，
失憶念則智窮兮，
智窮其人必卒。

六四、彼離絕乎貪，瞋兮，
而逍遙乎根境，
「自我」主制諸根兮，
自克者得乎清淨。

六五、彼自得於清淨兮，
諸苦之消除可證。
誠彼心其清淨兮，
其智隨之寧定。

六六、

不自克者無智慧兮，
不自制者亦無靜慮，
無靜慮者不定寧兮，
不寧定者奚由悅豫？

六七、

心隨諸根之馳轉而動兮，
此則挾其智以俱去；
譬如水上之舟兮，
風飄之而遠舉。

六八、

是故離諸根於根境兮，
偏處皆能自勝，
摩訶婆和！
彼智則爲堅定！

六九、

於衆生爲暗夜兮，
自制者常獨醒；
是衆生醒寤之境兮，
時見道之牟尼乃冥冥。

七十、

如衆流之歸海兮，
位不動而持盈；
欲念所歸如是兮，
彼乃得平定寧；
——而非馳騖兮欲情。

七一、

彼盡捐其欲念兮，
行其無所願望，
無我所而無我執兮，
入寧定以徜徉。

七二、

帕爾特！斯爲梵道之所詣，
臻至者無復迷疑。
儻彌留而定處其中兮，
入梵涅槃其有歸。

第三章

一、

阿瓊那言：

瞻納陀那！

君思智慧兮勝於行業；

凱也舍筏！

胡爲命余兮奮斯武烈？

二、

君似紛綸其辭，
　神智宛余迷眩，
請決定其一言，
　遵余臻於至善！

三、

室利薄伽梵言：
斯世信有二途兮，
　余夙言之：安那過！
智度之人——智識瑜伽，
行動之人——行業瑜伽。

四、

彼行業之不作始兮，
無爲不得。
彼遁世而無所爲兮，
圓成不獲。

五、

居寂無行業兮，
孰嘗剎那庶幾？
自性生之功能兮，
必使凡人有爲！

六、
彼業根固已自持，
坐念外物而意馳，
竟顛倒其心神兮，
是曰僞行之人。

七、
心始制諸識根，
業根作行業瑜伽，
而無執着兮，
彼優勝兮！阿瓊那！

八、

爲汝分所當爲兮！
有爲勝於無作。
竟然無所爲兮，
此身行將焉託？

九、

異乎爲犧牲而爲兮，
斯世皆由業縛。
孔底子！爲之！爲犧牲，
於此其毋執着。

十、

萬物主之造人兮，
　原與犧牲俱周。
始謂「滋蕃此所由兮，
　犧牲遂汝之所求兮！

十一、

「神以茲歆饗兮，
　將供汝之饌；
「人神相互爲養兮，
　俱汝臻乎至善。

十二、

「神克歆汝所奉兮，
將錫汝求所以爲愉！」
彼受施不報而享之，
是謂賊夫！

十三、

食犧牲之餕餘兮，
善人愆垢消無。
私備饌以自爲兮，
乃罪人自食其辜。

十四、

庶品憑食而生，
食從雨得，
致雨在乎犧牲，
犧牲出乎行業。

十五、

汝知行業起於大梵兮，
大梵出於彼無變恆貞。
大梵徧無不入兮，
故常在於犧牲。

十六、人於世不周此輪轉兮，
安生於罪惡而樂其識情；
帕爾特！彼實虛生！

十七、而人唯於「我」以自安，
足於「我」以自若，
得於「我」而自愉，
彼固無可爲者。

十八、於世彼無所容心——
以有爲而得之，
以不爲而失者，
庶品彼無用憑恃兮！

十九、故汝分所當爲兮，
常爲之而不執；
人爲事而無執兮，
將上臻於至極。

二十、

禪那迦諸賢聖兮，
唯有爲而圓成克至。
宜乎汝有爲兮，
縱唯觀於保世。

二一、

賢者之所作兮，
他人同之；
彼所成之準則兮，
舉世從之。

二二、

舉三界「余」無可爲，
無未得而待成。
帕爾特！
咨「余」仍處乎行。

二三、

若「余」不處乎行，
恆行而無休，
將舉世之人，
偏遵「余」道而效尤。

二四、若「余」羌無行動兮，
諸界且將摧折！
「余」且為禍亂之元惡兮，
羣生於焉盡滅！

二五、似凡夫執滯於業兮，
智者當如斯有為，
而無執滯兮，
婆羅多！保世為懷！

二六、愚夫執其所爲兮，
智辨弗使之生。
智者當和合而有爲，
誘人進乎諸行。

二七、徧是諸行業兮，
唯發乎自性之三德。
蔽於我執之人，
「我爲作者」以自飭。

二八、

摩訶婆和！

知眞者知德、業分立，

思惟「功德運乎功德耳」，

——彼則離執。

二九、

迷於自性功德兮，

執滯乎德業之運行，

彼愚頑所知不全兮；

知全者于彼當弗攖。

三十、

屬諸行業於「我」兮，
內「我」汝其心眷；
去已私而無所願兮！
祛煩熱兮！戰兮！

三一、

人恆遵「余」此教兮，
誠信而無詬疵，
乃行業之繫皆離。

三二、

人而不遵「余」此教兮，
尋瑕索疵；
當知其諸智蒙蔽兮，
將滅沒兮愚癡！

三三、

賢哲亦循其本性而行，
衆生俱自性是隨；
固強制之奚爲？

三四、貪、瞋之於根境兮，
固結諸根。
其弗涉入彼之樊！
二皆修道之所由屯。

三五、循自法雖無功，
勝行他法而與宜。
遵自法雖死其猶勝兮！
他法來其畏危！

三六、阿瓊那言：

竟何所迫兮，人罹罪辜？
亦非己願兮，似有力驅。

三七、室利薄伽梵言：

是貪欲兮！是怒瞋！
起自剌闍之德，
能大壞滅而爲大罪惡！
念哉！彼皆斯世之敵！

三八、

如煙薇火光，
鏡暗于塵，
如衣裹胞胎，
是亦如斯晦湮。

三九、

薇兮！賢哲之聰明，
此常在之敵使其瞀昏。
情欲其形，高底夜耶！
無饜兮！如火之燎原。

四十、

謂識根，心，智，

皆其所都；

以此蔽其聰明，

更蔽中內藏於形軀。

四一、

婆羅多猛士兮！

故初制汝諸根！

戮此罪魁兮，

此毀傷智識之元！

四二、

謂根爲上兮，
　心又上之；
謂心爲上兮，
　智又上之，
更上於智兮，
　非「彼」其誰？

四三、

悟「彼」之超于智兮，
　自制以「自我」而制。
巨臂！汝其戮此大敵！
　其形爲情欲而難逮！

第四章

一、

室利薄伽梵言：

是不朽之瑜伽，「余」嘗授之維伐思注；伊神授之摩奴，再傳伊刹羲古。

二、

學如是其傳承，

皇王仙聖相仍。

克敵！此瑜伽之道兮，

世遼絶而莫稱。

三、

同此太古瑜伽，

今日「余」以授君！

君「余」信士又「余」良友兮！

此至上之祕聞。

四、

阿瓊那言：

君生在後兮，

維伐思注在前；

此何可知兮，

始自君傳？

五、

室利薄伽梵言：

阿瓊那！君生與「余」生，

多世已往歷！

一一「余」知之！

克敵！君不識！

六、

雖「我」無生、無變滅；
乃為庶品之主；
居乎「我」自性兮，
「我」由「自我」摩耶而起！

七、

時時正法其凌替兮，
非法孔龐，
婆羅多！斯時
「吾自我」來降！

八、

翊衛善人兮，
殲彼頑兇，
爲建樹大法兮，
世世「余」降。

九、

伊誰知「我」聖生，
如實知「余」聖舉，
捐軀則不往再生，
伊來「余」所。

十、

離貪，離畏，離怒瞋，
念「我」兮，唯「我」是主；
修智識苦行而淨化兮，
多人和合其「我」與。

十一、

人如是其就「我」兮，
「我」亦如是而祐之；
蒼生徧是遵「余」之路兮，
辟特阿之冑兮！

十二、望行業之成就，
在世敬其明神；
業生果迅速成就兮，
在斯世間凡人。

十三、四姓皆「我」所創生，
惟德、業之異憑；
知「余」雖爲作者兮，
實無爲而永恆！

十四、

行業不「余」玷染兮，
業果「余」無求索；
彼倘知「余」若是兮，
彼又奚爲業縛？

十五、

古之人求解脫兮，
如是知而立功！
是故汝當爲業兮，
與爾先民事同。

十六、

孰是有爲兮、孰是無爲？
見士於此兮，亦多迷疑。
故當告汝爲業兮，
知之，不善庶其出離。

十七、

當知何者是「有爲」，
當知何者是「爲非」，
當知何者是「無爲」，
「爲」道深徵。

十八、

見無爲於有爲，
見有爲於無爲；
人中彼則睿智兮，
無不爲兮彼瑜伽師。

十九、

彼凡諸作始兮，
不着情慮之求，
智火鍛其百行兮，
識者稱之聖流。

二十、

棄離業果之執兮，
　常自足而不依，
營營雖舉措諸業兮，
　彼誠了無所爲。

二一、

彼無所希冀兮，
　善自制其心、身，
捐所繫唯以身行道兮，
　垢染於彼無塵。

二二、

隨所得而遂足兮，
超對待之雙途，
等成敗而不忮兮，
縱有爲已無拘。

二三、

彼執已解兮彼縛已除，
矢心兮唯智之居，
爲犧牲而有爲，
凡所爲業兮盡虛！

二四、

祀事兮即是梵天，
斟灌兮即是梵天，
獻於梵天之火兮，
亦由梵天，
於行業觀想皆梵天兮，
彼將唯至於梵天！

二五、

有餘瑜伽師，
唯奉祀其明尊；
有餘師以犧牲獻事兮，
唯斟灌於梵天之燔。

二六、有奉耳等識兮、
捐于自制之火；
有奉聲等境兮、
捐于識根之火。

二七、更有盡諸根之功用、
以生命氣息之業、皆捐
于自制瑜伽之火兮，
由智慧而熾然。

二八、

更有以財物爲犧牲，
有犧牲爲瑜伽，爲苦行，
有堅誓而專誠，
犧牲以智識，以研詠。

二九、

更有引下氣入上氣兮，
導上氣於下氣，
以調息爲極詣兮，
氣出入而皆制。

三十、

更有以節食爲犧牲，
合神氣於太虛。……
彼等皆知犧牲者兮，
由犧牲而愆垢消除。

三一、

犧牲之餘爲甘露兮，
飲之臻永古之梵天。
此非不犧牲者之世界兮，
況云他世兮，句盧之賢！

三二、

犧牲如是其多方，
悉陳獻於大梵之前；
是皆生於有爲兮，
知之汝其解懸！

三三、

智識之奉獻兮，
優於物質；
克敵！凡百諸行兮，
會歸智識其有極。

三四、以皈誠，敬問，服事而學此，
智者見道人，
將以知教汝。

三五、汝既知此兮，
班荼縛！無復墮似爾癡愚；
由是汝見衆生咸在「我」兮，
更在「我」而無餘！

三六、

倘汝爲一切罪人之尤兮，
則唯以智識之筏，
而度滔滔之罪流！

三七、

信如熾焰之燎薪兮，
阿瓊那！化爲燼煨；
信如智識之火兮，
焚諸業而盡灰！

三八、

較智識而能淨化兮，
　斯世更無與同；
人成就於瑜伽兮，
　以時自得之于衷。

三九、

誠信之人兮，
　崇此專一，
調制諸根兮，
　得此智識，
得此智識兮，
迅兮！彼入乎太上之安謐！

四十、

嗟彼愚蒙兮，信心渺茫；
意慮猶疑兮，至於滅亡；
既無此世兮，又無彼方；
疑惑之人兮，終無樂康。

四一、

以瑜伽舍棄所爲，
以智識盡斷諸疑；
彼常得其「自我」兮，
行業無由縶維。

四二、

居於內心兮，
起自無知，
故此疑惑兮，
以「自我」智劍斷之！
堅就瑜伽兮！
起！起！婆羅多！

第五章

一、

阿瓊那言：

克釋拏！
君既稱舍棄行業兮，
又讚瑜伽，
二者孰愈兮？
君決定其告余：

二、

室利薄伽梵言：

棄舍與行業瑜伽，

皆畀汝無上之福。

二者行業瑜伽，

優於棄舍行業。

三、

彼不忮不求兮，

恆常退士兮宜稱，

彼無有于對待兮，

釋乎羈縛兮善能。

四、

說僧祛與瑜伽別異兮，
非智士乃童蒙；
雖卓立於其一兮，
固當雙獲其功。

五、

是處僧祛師所達兮，
亦瑜伽師所通；
見僧祛與瑜伽爲一兮，
彼哉見道之同！

六、弗修瑜伽兮、

則棄舍難全；

合以瑜伽兮，

牟尼迅歸梵天。

七、合以瑜伽兮清心魂，

克制私己兮勝諸根，

化自我爲衆生「自我」兮，

彼雖有爲兮無蹇。

八、

我了無所爲兮！

——彼合道知眞者自惟——

視兮，聽兮，觸兮，嗅兮，

食兮，行兮，臥兮，呼吸兮，

九、

言語兮，宣洩兮，攝持兮，

目開閉兮，

此諸根接乎根境耳！

——其人自思。

十、

棄夫執滯而爲兮，
獻梵天以行業；
罪愆莫彼或染兮，
如水不沾蓮葉。

十一、

瑜伽師棄除執滯兮，
獨以身，心，智而行，
或獨以諸識兮，
業所以清淨其生。

十二、

和合者棄捐業果兮，
得太一之定寧。
不和合者爲欲念所驅，
繫乎業果兮累嬰。

十三、

心思盡舍諸業兮，
主者安居九關之城，
旣自無所爲兮，
亦弗使其有營。

十四、

神主不造世間諸業兮，

亦不造行者性，

更不造業與果之緣合兮；

——此皆自性之轉運。

十五、

神主不取伊誰之罪惡，

亦不取伊誰之善功。

無知覆其明智兮，

此衆生所以昏懵。

十六、

人以「自我」智祛其無知，
其明智皎如太陽，
顯彼「極眞」其有光。

十七、

思「彼」兮，以「彼」爲己兮，
自建於「彼」兮，以「彼」爲歸極！
則入不還之地，
汙垢由智而盡滌兮！

十八、

賢者庶幾等觀兮！

——爲象，爲母牛，爲犬，爲賤人，

爲婆羅門，學正而品端兮！

十九、

世間能勝造物兮，

唯人宅心於等平；

梵天實無垢而平等兮，

故斯人自建於梵天。

二十、

得所好弗欣欣，
得所惡弗悁悁，
智堅定無惑亂兮，
知梵者自建於梵天。

二一、

自我不凝滯於外物兮，
「自我」中得其和穆；
彼自我以瑜伽而合大梵兮，
享不朽之幸福。

二二、

愉樂生於所接兮，
　實惟憂苦之所胎；
斯自有其始卒兮，
　明覺者於斯不懷。

二三、

倘居世猶未脫此形軀，
　而堪忍貪、瞋所起之動力；
彼爲至樂之人，
　彼人合乎至德。

二四、

彼內中其自得兮，
　於內中其恬安，
於內中唯光耀兮，
彼修士兮，
　成梵道，入梵涅槃！

二五、

仙之人兮！得梵涅槃，
　罪垢消磨兮斷絕二端，
　克制私我兮，
以福利一切衆生而爲歡！

二六、

修眞之人，
去貪、瞋而自制其心，
有知「自我」之明，
梵涅槃於焉近臨！

二七、

杜外境之馳接兮，
內視凝兩眉之間，
調氣息於鼻中，
匀出納以周旋；

二八、

善制諸根、心、智兮，
　牟尼指自在而上達，
盡銷其情欲，畏懼，怒瞋，
　斯人永臻乎解脫。

二九、

「我」歆犧牲而嘉苦行，
　爲一切世界之大自在主，
　爲一切衆生之同心密侶，
知「我」兮，——乃至乎安土！

第六章

一、

室利薄伽梵言：

爲其分所當爲而不計果兮，

彼則爲退士，爲瑜伽師。

非不燃祭祀之火兮，

與夫不爲法儀。

二、爾知人云棄舍
即瑜伽修。班荼縛！
孰能爲瑜伽士兮，
而不捐棄圖謀？

三、牟尼志達瑜伽，
路由謂之業行；
旣上達乎瑜伽，
其路謂之寧定。

四、

時無凝滯於根境，

弗沾執其所爲，

悉捐棄諸圖謀兮，

——上達瑜伽謂斯。

五、

庶以「我」而自揚兮！

毋以我而自抑！

唯「我」爲我友兮，

唯「我」又爲我敵。

六、「我」爲其自我之友兮，
彼唯以「我」而自克。
於彼不自克者流，
「我」爲仇怨其如賊。

七、彼自克勝而安恬止足兮，
其至上之「我」
於寒，於暑，於苦，於樂，於榮，於辱兮，
堅定平等無委曲兮！

八、

自我止足於智識兮，
制諸根而安定如磐；
彼瑜伽師謂之和合兮，
視土塊、金、石……同科。

九、

於同心之人，友與敵，
漠然者，中立者，所惡與所親，
善人，不善人，——
而一視同仁兮，
彼爲卓越無倫！

十、

瑜伽師其常自克制兮！
處乎幽獨，
善自調伏其心身兮，
無求無欲。

十一、

敷坐具於清淨處兮，
爲一己之定居，
不高亢而不卑兮，
纍吉祥草，虎皮，而上絺綀。

十二、

於是耑一念慮兮，
制動心思識根，
如是定止安坐兮，
修瑜伽以清淨神魂。

十三、

端直其身軀、頭、項兮，
不傾動而堅牢，
凝觀視於鼻端兮，
四方其無目逃，

十四、

安神魂而無畏兮，
守貞誓而不移，
善制意獨心於「我」兮，
合道兮坐觀「我」爲極歸。

十五、

如是調伏其心兮，
瑜伽師恆與「我」合德，
彼遂至於靜謐兮，
臻在「我」之涅槃於至極。

十六、

彼無有於瑜伽兮，
或飽食或唯辟穀是經。
彼亦無有於瑜伽，
或耽睡或恆醒。

十七、

節嗜食與盤遊，
節形勞於功烈，
節睡眠與醒時，
修瑜伽而苦滅。

十八、是時心調伏唯安於「我」兮，
凡可欲皆無意於有得，
是時斯人謂之和合兮！

十九、如鐙置無風之處，
則其焰不搖；
斯可喻修「自我」瑜伽兮，
修士之心伏調。

二十、

彼處心其止息兮，
　修瑜伽而妄念皆無；
唯彼處以「自我」而見「自我」兮，
　於「自我」其安愉。

二一、

於彼得其至樂兮，
　可以智攝而超根身；
既自定於彼中，
　更不游離而遠乎眞。

二二、

既得乎彼兮，
不思有其他可得者勝之，
既自定於彼中，
雖重苦莫之或移。

二三、

當知是則名爲瑜伽，
所以脫乎痛苦之羈；
當決然行此瑜伽兮，
堅其志而弗衰！

二四、圖謀所起之欲望兮，
悉捐棄其無餘。
唯以心調制識蘊兮，
約束之於六虛。

二五、由智慧之堅定兮，
緩緩歸於靜止，
意凝注於「自我」兮，
思心了無所起。

二六、

蕩搖不定之心意兮，
　由彼由彼而騖馳；
當唯導歸「我」制兮，
　自彼自彼而反之。

二七、

瑜伽師止息心意兮，
　寂情欲而無累；
與大梵其合一兮，
　至樂於焉來萃。

二八、

如是修持常體「自我」兮，
瑜伽師盡銷其垢氛；
與大梵其合一兮，
善受其無涯之樂欣。

二九、

既以瑜伽自靖兮，
處處等觀而皆平；
見衆生皆在「自我」兮，
「自我」在於衆生。

三十、

彼徧處皆見「我」兮，
觀萬物皆在「我」；
「我」則不離於彼兮，
彼亦不失「我」。

三一、

彼獨皈於一兮，
「我」居於庶品維崇；
縱其生爲多方兮，
彼修士生在「我」中。

三二、彼徧處作等觀兮，
以「自我」而爲量，
或樂或苦兮，阿瓊那！
——云彼瑜伽師最上。

三三、阿瓊那言：
君言此瑜伽由平等性，
余不見其定基，
——以動爲性者心思。

三四、

心意兮，動轉無息，
突盪兮，不屈而多力；
余以爲難制兮，
譬如風之難抑。

三五、

室利薄伽梵言：
無惑乎，摩訶婆和，
心意難制而常搖也，
高底夜耶！
由修爲與離欲而漸調也。

三六、余以爲不自克制人，
則瑜伽難得；
彼自調伏者能得之，
由善用其力。

三七、阿瓊那言：
人具信心而不自律，
修瑜伽而意念游離，
彼不至瑜伽圓成，
克釋拏！行何所詣？

三八、

俱不成而墮落兮，

豈不如殘雲滅無？

彼飄搖無定兮，

迷乎大梵之途！

三九、

克釋拏！此余之惑兮，

君宜斷之無餘；

舍君更無他人，

而斯惑之能除！

四十、

室利薄伽梵言：

於此世及他生，

斯人焉有滅無；

摯友！帕爾特！

行正道之人兮不墮惡途。

四一、

彼達乎淨行世界兮，

居之永永其年，

再生清正福德之家；

——倘自瑜伽其下還。

四二、或生修士之家，

其人皆聰明正直；

獨如此降生，

斯世最爲難得。

四三、於斯合其夙慧兮，

得所修於前生，

句盧難陀那！

由此更修進圓成。

四四、

由宿習其遷流兮，
人自難於爲力。
雖求學知瑜伽兮，
已超梵道語言之域。

四五、

瑜伽師勤勇修爲，
潔除罪垢，
歷多生以圓成，
爰臻至上之道兮！

四六、

瑜伽師高於苦行之士，
論且高於智識之士，
瑜伽師高於功業之士兮，
阿瓊那！故汝當爲瑜伽師。

四七、

有在諸瑜伽師，
內中與「我」合一，
唯「我」敬止而具虔信兮，
「我」意其契「我」臻極！

第七章

一、

室利薄伽梵言：

爾心獨契於「我」兮，

修瑜伽以「我」爲依；

聽之！知「我」大全其無疑。

二、

將告汝以此智兮，
　與此理而盡言；
倘已知此兮，
　世更無當知者或存。

三、

倘邁進以求成就兮，
　千人中難得一人；
彼進修成就之徒兮，
　罕一夫知「余」之眞。

四、地，水，火，風，空，
心思，與智慧，
及我慢爲八，
分判「我」自性。

五、此皆自性之卑者，
知「我」自性別有高者在；
是爲生命之本兮，
宇宙由之持載。

六、

當知此二者，

是衆生萬物之胎。

「我」爲全宇宙之源起兮，

抑又爲其壞頹。

七、

檀南遮耶！

無何者更高於「我」！

羣有皆繫於「我」兮，

如線索之貫珠顆。

八、

高底夜耶！

「我」爲水中之味，

日、月之光明，

諸韋陀中之「唵」唱，

空中之聲，

人中之英，

「我」爲土中之清香，

九、

火中之焰光，

萬物之生命，

修士之苦行，

十、

帕爾特！爾知
「我」爲萬有之種子，
邃古永貞，
「我」爲智慧人之智慧，
「我」爲光榮者之光榮，

十一、

「我」爲勇士之力兮，
而貪、欲俱離；
「我」爲衆生中之慾兮，
而與正法無違。

十二、凡以薩埵，刺闍，答摩爲性者，
知彼皆唯「我」由從，
非「我」在彼等兮，
實其皆在「我」躬。

十三、三德成性以翳蔽兮，
舉斯世莫「我」知；
「我」超彼等兮，
永無變移。

十四、

「我」之神聖摩耶，
功德所成，信難超越；
獨皈依於「我」之人，
度此摩耶而出。

十五、

惡人不依於「我」兮，
狂愚，人中幺麽，
損智慧於摩耶兮，
稟氣性於阿脩羅。

十六、

善行人之敬「我」兮，
　有其四流：
痛苦中人，求智識之人，
明哲之士，求財利之徒，
婆羅多沙婆！

十七、

其間明哲之士常和合
　皈敬於「一」兮，最良！
哲士獨於「我」最親，
「我」情亦於彼大當。

十八、

惟此羣流高尚兮，
余獨以哲士爲「自我」；
彼唯以「我」爲無上歸止兮，
彼自制而自建於「我」。

十九、

歷多生而終竟兮，
智者爰歸於「我」極，
見「萬有皆是婆蘇天」；
斯巨靈最爲難得。

二十、人正智為此情彼慾所蔽兮，
轉趨敬其他天神，
修此此彼彼法戒兮，
斯唯其本性之徇。

二一、任何信士，於此何相，
願以虔誠，而敬拜者，
「我」則使彼，於其敬信，
安而無傾。

二二、以彼誠敬自結兮，
人崇拜其所神，
由此而獲其求願兮，——
福利實唯自「我」申。

二三、而小智之人，有限其果，
敬諸天者歸諸天，
敬「我」者乃歸於「我」。

二四、由隱而至於顯兮！
——如是思「余」無識，
莫知「我」超極之性兮，
無上而無變易。

二五、隱蔽於「瑜伽摩耶」，
「我」於衆庶非顯明；
斯惑亂之世莫「我」知兮，
「我」非變易而無生。

二六、阿瓊那！
「我」知過去，現在，未來諸有兮，
而知「我」者其誰？

二七、好惡起對待之惑兮，
庶品生皆入之！

二八、

人之罪惡淨盡兮，
　業行福德，
堅誓願以敬「我」兮，
　釋對待之癡惑。

二九、

求解脫乎老死兮，
　皈依「我」而致力；
則知彼大梵，
　知行業之全，
　知內我之極。

三十、

人於外物，明神，獻祀盡知，
　知「我」如是，
其心則無不治兮，
　知「我」雖於長逝之時！

第八章

一、

阿瓊那言：

何者彼大梵？何者內我知識？

何者業？「至上人」！

云何知外物？何謂知神？

二、

如何又何者爲知獻祀者

　在於此身？

如何長逝之時而猶知汝，

　彼自我克制之人？

三、

　室利薄伽梵言：

大梵兮！至高上而無變滅；

彼之自性兮，

　稱內我知識；

有力兮外發，使羣有生起，

　斯名爲業。

四、

外物知屬變滅羣有；
神道知屬宇宙元眞；
獻祀知者斯「我」居此身。
嗟爾「羣生之上人」！

五、

臨長逝之時，
唯念「我」而捐軀；
彼來入乎「我」體兮。
——茲焉不誣。

六、身蛻之時而有所念兮，
則適入乎其所念中；
孔底之子兮！
常結念而遂通。

七、是故汝當一切時，
唯念「我」而戰鬪，
專凝心智於「我」兮，
汝唯至「我」其無疑。

八、制以瑜伽修習兮，
心不他馳，
達乎至人至上至神兮，
凝定其思。

九、心念「彼」即見者，元神，宇宙之主，
小於極微兮，萬物之載量，
其形不可方，
顏色如太陽，超乎黑暗；

十、臨逝時心不激昂，
以誠敬而定止，
唯瑜伽之力是將；
正攝生氣於兩眉中央，
——彼則達乎至聖，至神，至上！

十一、有道兮，韋陀師稱其不滅，
修士無欲兮斯能入，
求者兮終守貞潔；
——概括之，當爲汝說：

十二、

善閉諸關兮，
　守意於心，
存生命氣息於元兮，
　定止唯瑜伽是任，

十三、

「唵」！
　此一聲是大梵而念之，
而唯「我」是思；
彼長逝捐軀兮，
　則無上道其歸。

十四、

恒常念「我」兮，
心不他思；
彼易得「我」兮，
常自制之瑜伽師。

十五、

彼輩巨靈既來歸「我」兮，
則不復轉生
於此無常苦藏；
無上道已圓成。

十六、

上而至於梵天，

諸界皆有輪廻；

唯獨歸於「我」兮，

則無有再來。

十七、

歷千世爲梵天一日兮，

歷千世而爲一夜；

知此之人兮，

是知晝夜。

十八、

萬物由隱以達顯兮，
　當白晝之方醒，
入夜又消逝兮，
　於此所謂不顯之冥冥。

十九、

庶品如是生生兮，
　入夜定然偕逝；
非自力又當出顯兮，
　當白晝之初麗。

二十、

超此冥冥兮，
別有太元。
縱然庶品皆滅兮，
彼則永存。

二一、

太元謂爲不滅兮，
又曰無上之途；
有能達者兮不返，
此「我」最高之居。

二二、

此爲至上神我兮，
　獨以誠敬可達而非他；
萬物皆寓其中兮，
　由之庶品羣羅。

二三、

瑜伽師之長逝兮，
　何時不返？何時再生？
嗟爾婆羅多之英！
　余當告汝以其時：

二四、

火，光，白晝，月朔至望，
太陽行北道之半年；
由斯道而上達兮，
知梵之人至於梵天。

二五、

煙，夜，月望至晦，
太陽行南道之半年；
由斯道而上邏兮，
修士得月光界而有還。

二六、此明暗二途兮，
謂皆斯世所永由；
循其一而不返，
遵其次而生再投。

二七、知此二途兮，
修士無或迷疑。
故汝於一切時，阿瓊那，
其修瑜伽以自維！

二八、

彼福德之果兮，可譽
　於韋陀，獻祀，苦行，布施，
修士知此遂皆超越兮，
　往彼太初無上之居！

第九章

一、

室利薄伽梵言：

汝弗尋瑕索疵兮，
我將告汝此至上秘密；
知則汝脫乎不善兮，
此理智之合一。

二、

此皇華之學兮，皇華之祕，
現量所得兮，淨化之至，
與大法相合兮，
行之也易而不匱。

三、

人不信持此法兮，
則不來歸於「我」；
而還於世界之途，
死生重墮。

四、全宇宙皆「我」所充周，
冥冥不顯「我」形；
羣有皆安於「我」內兮，
而「我」非羣有之內以寧。

五、抑羣有非安於「我」內兮，
識之！「我」瑜伽神聖權威；
護持萬品而不寓其中兮，
「我」爲羣有之化機。

六、

如風大常徧周流，

寓乎太空；

汝知羣有居于「我」內兮，

亦此之同。

七、

劫盡萬有歸「我」自性兮，

劫初「我」又刱生之。

八、藉「我」自性兮，
「我」數數吐此羣生全出之，
此皆無由自力兮，
實維自性率之。

九、而此諸行莫「余」繫縛兮，
「我」居然泊若，
于此諸業無執着兮！

十、

凡物之動者、非動者，
由「我」監臨，由自性而衍；
實維茲故兮，
世界循環旋轉。

十一、

咨「余」寓乎人身，
愚者蔑焉「余」侮；
莫識「我」超上之性兮，
「我」乃萬物之大主。

十二、

其人求願空，行事空，智識空，
　心思蔽蒙，
唯依羅刹、阿脩羅之性兮，
　以欺罔而爲功。

十三、

而巨靈稟神聖之性兮，
　端心唯「我」是敬；
彼輩知「我」兮，
　是萬物之初而無竟。

十四、

居常讚「我」兮，
自奮於信誓能堅，
居常和合而敬拜兮，
皈依「我」以誠虔。

十五、

以智識爲奉獻兮，
餘人亦「我」祀尊，
以「我」爲一，爲異，爲多，
爲宇宙之徧存。

十六、

「我」爲祭祀兮，「我」爲犧牲，
「我」爲祀祖所薦兮，「我」爲蔬英，
「我」爲禱祝之詞兮，「我」爲膏腴之清，
「我」爲斟灌之液兮，「我」爲燔燎之榮，

十七、

「我」爲此世界父，母，保傅，先祖，
爲唯一當知者，爲清淨化者，
爲「唵」聲，亦爲黎俱，三曼，夜矩，

十八、

爲道，爲夫，爲主，
爲見証，爲居所，爲皈依處，爲同心侶，
爲始作，爲壞散，爲存住，
爲府庫，爲不朽之種子。

十九、

「我」散熱兮，施而收雨，
「我」爲永生兮，又爲死，
阿瓊那！
「我」乃萬是兮，又爲非是。

二十、三韋陀學者兮，
飲梭摩消其罪尤，
以犧牲祀「我」兮，
唯天路是求；
彼等達乎因陀羅福德界兮，
居天饗羣神之聖羞。

二一、樂天界之廣居，
福盡而降入生死世間。
如是修三韋陀之法兮，
求其樂而得其往還。

二二、凡夫不思其他，
常和合而敬「我」唯虔，
我將畀以其所未得兮，
於所有畀以安全。

二三、彼等信他神之徒，
具誠敬而爲依；
彼等亦唯敬「我」兮，
縱古法儀已違。

二四、「我」乃諸祭之饗者，
　抑又爲其祀主。
人非如實知「我」兮，
　故爾終然墮苦。

二五、敬禮明神者往乎明神，
祭祀祖禰者歸於祖禰，
崇拜靈鬼者至於靈鬼，
奉事「我」之人
　於「我」安抵。

二六、

人誠敬而献「我」兮，

以葉，以花，以果，以水……

「我」享此虔誠奉献兮，

以其心情肅起。

二七、

凡汝所行，

所食、所献、所施、

與所以爲苦行兮，

爲之！猶「我」爲尸。

二八、

如是汝離乎善、非善之果兮，
　脫行業之繫縛；
修舍棄瑜伽以自靖兮，
　自由兮汝來「余」託！

二九、

「我」於衆生平等兮，
　無所愛與所憎；
人獨禮「我」以誠敬兮，
　彼在「我」中亦「我」所憑。

三十、

人雖行大惡兮，
　而敬「我」不拜其他；
唯當以彼爲良善兮，
　彼抉擇已無譌。

三一、

迅疾成其法體兮，
　爰至永安。
宣揚兮，孔底子！
——敬「我」之人兮自不殫殘！

三二、

彼皈依「我」之人，
雖爲賤胎，爲婦女，
爲吠奢，爲戍陀兮，
咸躋無上道陔！

三三、

況復爲福德婆羅門，
如誠信皇王哲士？
旣生此無常悲苦之世兮，
汝其唯「我」敬止！

三四、

措思於「我」兮「我」敬，
奉獻於「我」兮皈命，
如是和合於「我」，
以「我」爲無上道兮，
——至於「我」以終竟。

第十章

一、

室利薄伽梵言：

摩诃婆和！更听「余」之至言。

汝于「我」敬爱兮，愿有以益汝而论：

二、

神之羣與大仙人，
　皆莫知「我」之源。
「我」徧爲天神太始兮，
　又爲仙人至尊。

三、

爲世界大自在主兮，
　有知「我」無始無生，
衆生中彼非迷惑兮，
　凡諸罪惡銷平。

四、智慧，知識，無惑，
寬恕，眞實，自制，靜謐，
恐懼，無畏，生，死，苦，樂，

五、不害，平等，自足，
苦行，布施，毀，譽，……
——凡此衆生之性兮，
一一皆自「我」出。

六、古之七仙人兮，
　　與四摩奴，
　　皆生自「我」體，心思，
　其胤嗣卽此世界凡夫。

七、伊誰如實知
　　「我」瑜伽與神奇，
　以不動瑜伽而遂和合兮；
——于此無疑。

八、

「我」爲萬物初始兮，
　庶品由「我」而興；
智者殷心如是兮，
　禮「我」唯敬念是憑。

九、

乃心於「我」兮，
　性命於「我」是安，
互相啓沃兮，
　論「我」未闌；
——彼常悅豫兮「我」歡！

十、

彼輩常和合兮，
以愛敬禮「我」；
「我」則授以智慧瑜伽兮，
由是來歸於「我」！

十一、

唯爲慈憫斯人之故兮，
彼黑暗生於愚懵；
「我」居斯人心內兮，
破以煌煌智慧之鐙。

十二、

阿瓊那言：

君爲無上大梵兮，
無上之居，
無上清淨化者，
爲神我，永恆，其燁如，
爲不生，徧是主，
神道之初。

十三、仙人之倫如是說君，
彼聖仙那羅陀，
阿悉多，提婆羅，維耶索，
皆如是說兮，
今君親以我聞。

十四、凡此君爲我說兮，
我信爲眞。
薄伽梵！君之顯示兮，
昧彼鬼神。

十五、

君唯由己而己知兮，
嗟君人之上極！
創造主、萬物原始兮！
神中之神、王乎萬國！

十六、

宜詳盡以告余，
君自我神聖光榮！
君卓立以光榮
徧此諸界而充盈！

十七、

我何由知君，
將恒常以思慮？
瑜伽師！薄伽梵！
思君在於何處，何處？

十八、

君之光榮與瑜伽，
其更細爲我論！
我無饜於得聞
此甘露之言！

十九、

室利薄伽梵言：

嗟乎！「我」將語爾大凡，
神聖「自我」榮光，
句盧人之英傑兮！
是無止境而難詳。

二十、

「我」爲靈明兮，
於衆生內心安宅。
「我」爲萬物之始與中，
抑又爲其終極！

二一、

阿提諸神「我」爲毗搜紐，
光芒聚中「我」爲輝煌太陽，
風神衆中「我」爲摩利支，
星宿羣中「我」爲月光，

二二、

「我」是韋陀之三曼韋陀，
「我」是天王之帝釋，
「我」是諸識之心王，
「我」是衆生之智識，

二三、「我」是樓達羅之商羯羅，
「我」是夜乂、羅刹之維帖奢，
「我」是婆蘇之帕婆羯，
「我」是羣山之迷盧，

二四、帕爾特！爾其「我」知：
「我」是蒲厲賀斯帕底——
祭司主宰，
「我」是塞建陀——將領統帥，
「我」是水積中之大海，

二五、

「我」是大仙衆之步厲古，

「我」是語言之一聲，——（唵！）

「我」是祭祀之默祝禱祀，

「我」是靜定位之雪藏高峯，

二六、

諸樹中「我」是菩提樹，

聖仙中「我」是那羅陀，

乾達婆之吉怛羅囉他，

成就仙之牟尼羯庇羅，

二七、爾知馬羣中「我」是

攪甘露而起者高驤，

二八、象羣中「我」是藹羅筏䑶象，

人羣中「我」是皇王，

兵器中「我」是金剛杵，

母牛中「我」是果願牛，

生殖中「我」是矜陀般，

毒蛇中「我」是洼蘇啓，

二九、

龍羣中「我」是阿難多，

水族中「我」是婆婁拏，

祖先中「我」是阿利瑪，

執法中「我」是琰摩，

三十、

羣鬼中「我」是鬼主，

計度中「我」是時間，

走獸中「我」是獅子，

飛禽中「我」是金翅鳥，

三一、

清淨化者兮「我」爲風，

戰士兮「我」爲羅摩，

魚兮「我」爲鯊，

流水兮「我」爲恆河，

三二、

造物兮「我」爲成，住，壞，

阿瓊那！

諸明兮「我」爲自我之明，

辯才兮「我」爲至理之評，

三三、字母兮「我」爲「阿」字母，
離合釋兮「我」爲儷辭，
「我」唯是無盡之時歷，
「我」是徧面宇宙之載持，
三四、「我」爲死兮徧滅，
「我」爲生兮方來，
諸柔德兮「我」爲記憶，智慧，堅忍，恕道，
爲美譽，爲善辯，爲多財，

三五、

唱讚兮又爲蒲厲赫三曼，
節律兮「我」爲「三八音」詩，
月兮「我」是歲之正月，
季兮「我」爲春之芳菲，

三六、

變詐中「我」爲賭博，
勇士兮「我」爲武力，
「我」爲勝利兮，爲決斷，
爲眞者之正德，

三七、

勒瑟膩族中「我」是婆蘇提婆，

班荼縛人中「我」是檀南遮耶，

牟尼衆中「我」是維耶索，

見士中「我」是詩人烏商那，

三八、

責罰者「我」爲鞭笞，

征伐者「我」爲善策，

祕密中「我」爲沉默，

哲人中「我」爲智賾，

三九、凡爲萬有之種子，
阿瓊那！彼卽「我」是；
無動者與靜者，
或無「我」而有彼。

四十、「我」之神顯無端，
神用無竭，
細數神聖光榮兮，
「吾」此徒爲簡說。

四一、

凡有光榮者，
雄強有力或彪炳有文，
汝當識其所起兮，
出自「我」光芒之一分。

四二、

凡此詳悉兮，
阿瓊那！於汝何云？
「我」居而支持此全宇宙兮，
以「自我」之一分。

第十一章

一、

阿瓊那言：

君爲憫余兮，
開說至上微密，
謂之「內我知」，
我此迷疑消失。

二、

羣有生滅兮，
我聞於君已詳；
蓮花眼目兮！
又聞君不盡之榮皇。

三、

超上自在主！
如君說「自我」如斯；
至上人！我欲觀
君形變神奇。

四、

主兮！瑜伽自在主！

倘以爲余能見，

君相無盡

其示現兮！

五、

室利薄伽梵言：

千百變化兮，帕爾特！

觀「我」之形！

種種色相兮，

莊嚴聖靈！

六、

觀諸阿提底耶，婆蘇，樓達羅，
與二阿室賓，如諸摩婁怛，……
無數神奇變現前所未見兮，
觀之！婆羅多！

七、

今茲一集「余」身兮，
全宇宙動者、非動者，
觀之！及其他君欲見者。

八、以爾自有之眼，
爾誠不能「余」見，
「吾」畀爾以聖眼兮，
「我」威德瑜伽可眄！

九、桑遮耶言：
大王！彼大瑜伽自在，
赫黎，既作如是言，
遂顯無上神奇變相，
使帕爾特觀之。

十、

不一其口與眼目兮，

乃呈無數奇觀；

不一其天仙嚴飾兮，

舉神武之兵器多端；

十一、

戴天鬘兮着天裳，

塗神膏兮發異香；

莊嚴無盡兮顯輝光，

無數之面兮對諸方。

十二、倘千日同時並出兮，
赫曦麗乎太空；
或此巨靈之光耀兮，
唯髣髴其能同。

十三、全宇宙羣分無數兮，
舉聚合而爲一，
而萃此神上神之身，
班荼縛見於此日。

十四、於是檀南遮耶，
驚奇震怖，毛髮豎立，
稽首神前，合掌而稱曰：

十五、阿瓊那言：
天兮！我見諸神在天身，
異品咸萃兮聚羣倫；
大梵主兮坐蓮花座，
與神龍並諸仙人。

十六、我見無數臂、腹、口、目兮，
君無盡形漫徧面，
君之終，始，中間無由見，
宇宙主兮萬形變！

十七、見君具冕、杖、與圓輪兮，
爲光明聚而周徧輝煌，
難諦視其瀰漫兮，
熾然如火，如日，
榮耀固不可量！

十八、

君爲無變者，無上者，人所當識，
爲此宇宙至高歸宿，
爲永久大法之長存護主，
君太古之人兮，——在我心目。

十九、

無始，無中，無卒，
具無邊威力，
無數臂，日月爲目，
見君面煇煇如祭祀之火兮，
自生光煦此萬物。

二十、

此天地兩間兮，
獨君充周亦徧諸方。
巨靈！覩君此神奇恐怖相，
三界震動而彷徨。

二一、

此脩羅隊紛紛入乎君兮，
有惶慴合掌而頌歎；
大仙人，成就衆，齊呼「聖善」兮，
多歌詠而讚謹。

二二、

樓達羅，阿提底耶，
婆蘇，與薩睇耶，
維濕縛，二阿室賓，
摩婁怛，與烏瑟摩波，
乾達婆，夜乂，
阿脩羅，悉檀衆兮，
——皆凝望君而驚愕。

二三、

見君龐軀大體兮，
無數眼與口，無數臂、脛、足，
無數腹，無數崖牙齷齒兮；
諸界惴慄兮，如我駭矚！

二四、

頂天兮彩麗多端，
哆口兮廣目光爛，
眦搜紐！見君兮震我五內，
力不支兮心無泰安！

二五、

見君口以齒牙可怖兮，
宛如壞劫時之焰煇，
迷方兮我心不寧定，
安悅兮，神之主！宇宙依歸！

二六、

此逖多蘿史德羅諸子
與諸護世之王，
毗史摩，陀拏，蘇多子，
及我方將士之精良，

二七、

皆匆遽入君唇吻兮，
可愕可怖之齗齶，
見有留掛於齒隙兮，
其頭皆碎爲齏粉。

二八、

如江河衆流
唯奔於海兮！
此輩人世英雄
皆滙入君之口，騰光釆兮！

二九、

如飛蛾之增速兮，
投熾焰以自滅；
彼輩入乎君胳兮，
舉迅赴而皆絕。

三十、

以君猛熾之口，
徧面吞噬諸衆而喋脣；
吡搜紐！君之光滿全宇宙兮，
灼以君之烈焰其如焚！

三一、

告余，君爲誰？猙獰此形！

拜君兮！神上神其豫悅！

我欲知君兮太元！

我不知君兮功烈！

三二、

室利薄伽梵言：

「我」爲「時間」兮，

滅羣生而峻起！

「我」來盡戮斯世！

縱不以爾兮，

此行陣之士兵皆必逝！

三三、

是故起！起！奪得榮名，
克汝敵！享有富國！
彼等唯「余」已盡戮兮，
左臂子弓！汝獨爲其外力！

三四、

陀拏，毗史摩，遮耶達曜他，羯拏，
似他戰士「余」已誅殛；
殺之！毋踟躕！
戰兮！陣中勝汝之敵！

三五、

桑遮耶言：

旣聞凱也舍筏此言，

覓者合掌而猶疑；

囁嚅不能成語，

再拜慫兢而陳辭。

三六、

阿瓊那言：

赫里史計舍！君之光榮兮，

宜乎世讚美而盡傾！

羅刹悚懼兮，四方散走；

成就仙羣兮，齊皈命而稽首。

三七、彼等如之何不拜兮，
巨靈！大於梵，爲作者始！
無極兮！神之主！宇宙皈依處！
不朽兮！君爲彼，非彼，超彼！

三八、君太初之靈，太古神人兮！
爲宇宙最高歸宿！
爲能知，又爲所知，爲超上之居！
君無盡相兮，
此世君所徧覆！

三九、

君爲風神，死神，火神，水神，月神，
造物主，人類初祖！
拜君，拜君千拜君，
再拜君兮無數！

四十、

拜君於前兮，拜君於後，
拜君徧面兮萬有，
威力無盡兮，權能靡量，
君爲徧是兮，因君徧覆！

四一、

稱：唯！克釋拏！唯！雅達婆！

唯！吾友！

以君爲友兮，冒瀆而語！

由未識君此大象兮！

或恃愛而或傲倨。

四二、

對君戲謔兮，故不敬莊，

于食于居兮，于遊于藏，

或獨或俱兮，阿逸多！

君其宥我兮，君不可量！

四三、

君爲世界之父，
動非動物俱周；
爲大師，崇逾大師，
爲人所敬求；
君無等儔兮！
三界孰能逾君，
權能又奚與侔？

四四、

故我拜君兮，五體投地，
愛敬之主兮，恩慈我賜！
如父於子兮，親與所親，
友之於友兮，不我遐棄！

四五、

見所未嘗見兮，
喜，余心轉懼而迷。
神！其更示我彼相兮，
憫我！神之主！宇宙歸栖！

四六、具冕、杖、而手圓輪，
我欲見君如是，
變常形而具四體兮；
君千手兮！盡宇宙之形似！

四七、室利薄伽梵言：
阿瓊那！由「我」恩慈，
爾得覩此無上變相，以「自我」瑜伽之力！
輝煌，徧是，太始，無極，
曾無人見兮，君獨識！

四八、

不以韋陀，不以祭祀，
不以研讀，不以布施，
不以儀文，不以苦行，
而「我」此相能見兮！
世無其人，句盧之英！
見與君竝！

四九、

爾其毋懼兮弗迷，
覩「我」此形兮可怖；
無畏兮，心其安舒！
更觀「我」形兮常度。

五十、

桑遮耶言：

既與阿瓊那如是說，
婆蘇天更示以自有之形，
而慰撫此懾慴者；
復其温藹之相兮巨靈。

五一、

阿瓊那言：

覯茲人相君慈藹兮，
瞻納陀那！
今我心意安舒，
還復本初。

五二、

室利薄伽梵言：

君獲觀「我」此相兮，

至難得見；

天神亦常願見此形變兮！

五三、

不以韋陀，苦行，布施，獻祀，

而能見「我」兮，

適如君所見之「我」。

五四、唯敬奉「我」而無他，

乃能知能見「我」如實，

而「我」道能入。

五五、為「我」而有為，

以「我」為無上者，

為「我」之敬愛者，

而無凝滯，無怨懟於萬物兮，

斯人來歸于「我」！

第十二章

一、

阿瓊那言：

信士如是常和合兮敬汝；
又有敬拜不變易者，非顯了者，
彼等明乎瑜伽兮孰愈？

二、

室利薄伽梵言：

人凝集意念於「我」兮，

常和合而禮「余」，

具有無上敬信兮，

皆最上瑜伽師——我盱。

三、

而彼等敬奉非變易者，無可言說者，

非顯了者，偏入者，心思路絕者，

磐安者，不動者，永恆者，

四、善克制其諸根，
　又徧處作平等觀，——
亦唯皆歸於「我」兮，
　以利濟萬類而爲安。

五、彼等煩惱滋多，
　於非顯了者凝定其思；
蓋非顯了者之道，
　難爲有形軀者所詣。

六、彼舍諸行皆奉於「我」兮，
而以「我」爲至上；
唯以瑜伽無二兮，
敬「我」存其定想，

七、「我」則迅舉其人
超出生死海兮！
帕爾特！彼凝思唯「我」在！

八、唯於「我」而定思，

以爾智安於「我」，

自茲爾居於「我」無疑。

九、倘爾不能凝集思念於「我」兮，

其修習瑜伽

而求臻至於「我」！

十、

倘爾不能修習兮，
其爲以事「我」爲至上之人；
以「我」之故而爲所業兮，
成就爾其亦臻！

十一、

倘爾又不能爲此兮，
則唯以與「我」和合爲依；
盡捐諸業行之果兮，
爾其克自約持！

十二、

智識固優於修習兮，
靜慮優異於用智，
棄捐業果又優於靜慮兮，
棄舍則安寧隨至！

十三、

於衆生無瞋恚兮，
所有唯慈與悲；
無我所而無我慢兮，
平苦樂以恕推；

十四、

常自足而修省兮，
自制而信念堅眞，
奉獻「我」以心智兮，
——彼敬愛士斯「我」所親！

十五、

由彼世既不驚兮，
於世彼亦無震；
解脫乎喜、懼、嫉妒、惶迫兮，
——彼斯爲「我」所親！

十六、

獨立無所求冀兮，
敏於事而清純，
高處而無惱病兮，
盡捐業行，
——彼敬愛士斯「我」所親！

十七、

無憂亦無所欲兮，
無寵亦無所瞋；
盡捐美惡，孰敬愛兮，
——彼斯爲「我」所親！

十八、

敵與友其平等兮，
榮辱斯同；
寒暑苦樂俱齊兮，
嬰累皆空；

十九、

等毀譽而端默兮，
凡受於物而意氣和醇；
遊方行道堅于慧命兮，
於「我」極其愛敬；
——斯人兮，爲「我」所親！

二十、

修如是說此甘露法兮，
信「我」爲無上正鵠，
——彼等敬士兮「我」親愛之篤！

第十三章

（此章發端，尚有「阿瓊那言」一頌，內容即此頌之問語，商羯羅所未註釋，多本皆删，使此歌全部爲完整七百頌。今删。）

一、

室利薄伽梵言：

高底夜耶！

此身謂之田；

知此者是知田者。

——有此知者云然。

二、

當知「我」是知田者，
徧諸田處；
知田與知田者之知，
是謂此知，——吾自許。

三、

何者爲田？相狀伊何？
何謂其變？其來自何？
彼知者誰？權能云何？
簡括聽之自「我」：

四、

聖哲多方播之歌詠兮，

頌讚多端；

梵經字字陳因兮，

立義不刋。

五、六、

五大，我慢，智，冥性，

十根，一心，五根境；

欲，瞋，苦，樂，集，慧，忍，

簡言曰田，攝變性。

七、無驕，無僞，不害兮，
平恕，直方；
清淨，尊敬師長兮，
自制，堅剛；
八、無貪於根境兮，
抑又無我慢；
於生、老、病、死兮，
等見憂患；

九、無凝滯於物兮，
不以妻子家廬等爲自我；
常等平其意氣兮，
遭際所樂或非所可；
十、以精一瑜伽敬「我」兮，
用志不紛；
別居閒寂之所兮，
不樂人羣；

十一、

常自得於「內我」知識兮，
見入眞知之至詣，
——斯則謂之此知，
非是謂之不智。

十二、

將告爾以「彼」當知者兮，
知之得享永生：
無始無上大梵兮，
非有非非有是名。

十三、

徧處其手足兮，
徧處其耳目，
徧處其頭面兮，
「彼」居世間徧覆。

十四、

諸根之用現似兮，
而無有諸根；
無凝滯而徧載持，
無功能又受用功能。

十五、

「彼」爲動者又爲靜者兮，

在凡物之表、裏，

「彼」微妙故莫測兮，

「彼」爲遠又爲邇兮；

十六、

在羣有而無分，

居然似乎分呈，

當知「彼」持載羣有兮，

吞滅而又生成；

十七、

「彼」光明之光明，
亦曰超乎暗陰，
爲知，爲所當知，爲以知而至者兮，
居衆生之內心。

十八、

如是田，如知，與所當知，
皆已簡說，
「我」之信士如是而解兮，
則堪與「我」契合。

十九、當知自性與神我兮，
二皆無始；
又當知轉變與功能，
皆由自性而起。

二十、自性謂之因，
是生因果因；
神我謂之因，
是受苦樂因。

二一、神我寓乎自性，
享受功能由自性生；
而執滯於功能，
乃生自善、非善胎之因。

二二、監臨者，允可者，持載者，
受用者，大自在，亦曰
超上自我，——
是皆謂之無上神我，
在此身者。

二三、

彼如是知此神我，
　自性，并功能兮，
不論其人生若何，
　必弗投生再來！

二四、

有以禪定兮，
　以「我」而見「我」於「我」中；
有以智識瑜伽；
有以行業瑜伽；

二五、更有無知於此兮，
聞他言而敬止，
尊所聞爲道岸兮，
彼等亦超乎生死。

二六、凡生爲有物兮，
爲動爲靜耑，
知之！婆羅多艮士兮！
皆生自田與知田者合摶。

二七、

無上自在主兮，
平等居於萬是，
滅者中彼無滅兮，
——如是觀者見止。

二八、

見其平等徧在兮，
自在主與萬有咸俱；
不以自我戕賊「自我」兮，
乃踐履無上之途。

二九、

唯由自性成行業兮，
偏處漫是，
而「自我」非作者兮，
——如是觀者見止。

三十、

時若見萬有之異
固同立於一兮，
唯出於彼而徧漫兮，
時則臻於大梵兮！

三一、

彼無始兮無功德，

「超上自我」兮不朽滅，

雖居有身兮，高底夜耶，

彼無爲兮無垢孽；

三二、

「自我」不垢兮，

雖徧在於有身；

如徧漫之太空，

微妙故無染塵。

三三、如一太陽
　普照此全世界兮！
田主徧諸田地
　亦如斯明麗兮！

三四、以慧眼如是觀
　田與知田者之分，
又觀羣有由自性之解脫，
彼等皆臻兮，
　至上超越！——

第十四章

一、

室利薄伽梵言：

我當更說無上智兮，
一切智中之最。
得之臻至極成就兮，
諸牟尼由茲而蛻。

二、既皈依於此智，
來與「我」之法性其同；
不再生雖於創造之始兮，
亦弗苦於壞劫之終。

三、「我」之胎藏爲大梵兮，
「我」置種子其中；
婆羅多！
萬物由斯發蒙！

四、　無論何胎所生何似兮，
大梵皆爲其妣兮，
「我」爲其考而與之種子！

五、　薩埵，剌闍，答摩，——
此三德自性所生；
　乃繫縛於此身，
此身中不滅之靈明。

六、

此中薩埵不垢兮，
故光芒發越而無邪；
以樂執與智執而繫縛兮，
安那過！

七、

當知剌闍以貪爲性，
爲渴欲與凝滯之源；
乃繫縛此靈明兮，孔底子！
以行業之捷。

八、當知答摩生於愚昧，
使凡有靈性者癡顛；
繫縛兮，婆羅多！
以放逸，弛懈，沈眠。

九、薩埵繫人於樂兮，
刺闍繫人於行業；
答摩覆其明智兮，
於放逸等而咸攝。

十、

薩埵強盛兮，
　已克制剌闍，答摩；
剌闍亦強盛兮，
　唯克服薩埵，答摩；
如是答摩強盛兮，
　倘勝剌闍，薩埵。

十一、

時智慧之光芒，
　流耀其身之諸門；
時可知其薩埵兮，
　增盛方敦。

十二、 貪得而躁動兮，
多作業，無休，而望奢；
婆羅多之良士兮！
時起于刺闍之盛加。

十三、 陰暗，冥頑，放逸亦又愚癡，
皆起於答摩強盛之時。
句盧難陀那！

十四、

若其身命消逝兮，
值薩埵增盛之時；
時則往生淨土兮，
知至上者居之！

十五、

身逝值剌闍之盛兮，
生於業縛之儔；
如是死亡于答摩兮，
愚闇之胎遂投。

十六、善業之果兮，
云屬薩埵性而純潔；
刺闍之果爲痛苦；
答摩之果爲頑劣。

十七、薩埵生智兮；
刺闍唯貪；
答摩生癡頑，放逸，
唯又愚憨。

十八、人安止於薩埵，
　　上界是升；
　刺闍性人，
　　中間是憑；
　答摩性人，
　　居劣功德趣而趨下層。

十九、時見士得覩兮，
　　作者唯功德非餘，
　又知超功德者，
　　則臻至於「我」居。

二十、身內者旣超此三德兮，
——三德所以生身，——
則脫乎生，死，老，苦兮，
永生庶其可臻！

二一、阿瓊那言：
主兮！以何表相，
而知人已超此三德？
其行云何？
彼如何越此三德？

二二、

室利薄伽梵言：

光明及躁動與愚闇兮，
彼無憎其現前；
亦皆無復冀望兮，
迨其既還；

二三、

高居似乎無與兮，
不爲功德所撓；
觀「凡是唯功德變轉已」，
彼堅定而不搖；

二四、等苦樂而自守兮，
視土塊、金、石其如同；
齊好惡而堅定兮，
平己身之貶抑、褒崇；
二五、平等于榮于辱兮，
平等于友好、仇敵；
棄捐凡百作始兮，
——是人謂之超乎功德！

二六、唯皈命於「我」而不流，
修誠敬瑜伽以爲操；
彼既超諸功德兮，
乃堪入乎梵道！

二七、「我」爲大梵居宅兮，——
屬永生無變易者，
恒久長存之法者，
無待無極之福者！

第十五章

一、

室利薄伽梵言：

謂終古一菩提樹兮，
上根而下垂枝；
以韋陀之讚頌爲葉兮，——
明此者爲韋陀師。

二、高下布其枝幹兮，
以功德而華滋；
物境爲其芽茁兮，
蔓根亦又披離，
——成行業於人世而繫維。

三、於此其形旣不可識兮，
始、末、出處皆不可窮；
斷此根深柢固之樹兮，
以無着之利劍爲功。

四、

然後尋彼高躅兮，
履之者去不復還；
——我將求彼原人兮，
太古動力之所淵。——

五、

去驕、癡，克除執滯之過兮，
常依「內我」而離欲；
脫對比名苦與樂兮，
不迷而達彼無疆之福。

六、彼處日不明，月不照，而火不炬兮，

往者不返兮！

斯「我」最高居所。

七、唯「我」之一分永存兮，

於情命界化爲性靈；

遂吸引諸根以意爲第六兮，

居於自性之扃。

八、「自在」得一身而捨之，
以此等而俱去；
如風之挾芬芳兮，
攝自留香之處！

九、居臨視聽觸嘗嗅諸根，
以及意根，
「彼」受用諸根境。

十、

或去或處兮，
或受用，與功德相依。
——迷者弗見兮，
具智慧眼者見之！

十一、

瑜伽師用力而得見兮，
見內定於自我；
愚者雖用力而弗見兮，
非自靖其奚可！

十二、

彼太陽之光，照全宇宙，

月中之英，火中之明，

當知此皆「我」有。

十三、

入乎厚土兮，

以「我」力而持載羣生；

化爲月浸兮，

凡植物以「我」而滋榮。

十四、處於有氣息之體中，
化爲中焦之火力；
與上下氣相調順兮，
乃消化其四食。

十五、中處羣有之內心，
由「我」而有念，知，推理除疑。
唯「我」爲由諸韋陀以知者，
韋檀多作者，
又爲韋陀明者。

十六、

斯世補魯灑二者：
一變易一非變易，
變易者爲羣有兮，
稱不變者安如磐石。

十七、

別有超上補魯灑，
稱無上自我；
入乎三界而載持，
爲不滅自在主。

十八、「我」既超於變易者，
又超上非變易者，
故於世間於韋陀，
稱「我」爲「無上補魯灑」。

十九、彼如是無妄知「我」兮，
無上補魯灑是；
盡其爲彼以敬「我」兮，
彼臻徧智！（註）

（註：據阿羅頻多譯本，當作「以其徧智」一〇）

二十、

斯極玄至祕之論兮，

安那過！爲「我」所說。

知此則爲智者兮，

婆羅多！所事皆圓成無缺！

第十六章

一、

室利薄伽梵言：

無畏，身心清淨兮，
堅定修智識瑜伽，
布施，自克，爲祀事，
讀書，苦行，直無邪，

二、不害，眞誠，無怒嗔，
棄舍，安靜，無謗傷，
慈愛生物，去欲貪，
温柔，謙裕，有則常。

三、強毅，寬恕，堅忍兮，
無驕，無恨，深純兮，
——婆羅多！
此諸禀賦兮，
屬彼生爲神性人！

四、

虛妄，傲慢，與驕矜，
苛刻，愚頑，與怒嗔，
——帕爾特！
此諸禀賦兮，
　　乃在阿脩羅性人！

五、

神禀要於解脫兮，
阿脩羅性爲纏縛。
班荼縛！無憂！
汝生而有神明之託！

六、
斯世生物二類：
神聖性與阿脩羅性。
神聖性余已詳言，
聽我說阿脩羅性：

七、
阿脩羅性人，
不知當爲與不當爲，
在彼無清淨，無正行，
無眞誠。

八、

彼等謂：『斯世兮無眞，
無本兮無神，
世界生於交合，
舍情欲兮何因？』

九、

固執此見兮，內心喪絕，
其智褊小兮，其行暴烈，
出爲世界之敵兮，
爲其毀滅！

十、

倚無饜之欲望，

充其虛僞，驕矜，狂熱；

以愚癡執其謬見兮，

行事意非純潔；

十一、

歸於無量勞心兮，

抵死方休；

以饜情欲爲極則兮，

堅執如是爲盡由；

十二、

縛於冀望其百結兮，
發貪嗔其至極；
饜飫情欲而經營兮，
不義貨財之增殖；

十三、

『今日我獲得此已，
且將獲我之所求；
此財今爲我所有，
彼且將爲我所蒐；

十四、

『此敵今爲我所戮，
我且將戮其餘者；
我爲主宰，享受者，
成功，有力，歡娛者；

十五、

『我爲富足兮身世光榮，
而又有誰兮與我爭衡？
我將祭祀，將施與，
我且爲樂兮！』——
如是無智其荒傖！

十六、

以種種妄念而顚狂，
網於癡闇之纏裹；
耽情欲之歡娛，——
不淨地獄兮其將墮！

十七、

自矜張而頑固兮，
既迷醉于勢利，
矯虛名爲祭祀兮，
又不遵乎古制；

十八、

憑我慢，權勢，頑強，
情欲，與怒嗔兮，
彼等苛刻之人，
憎「我」于己，于他人之身！

十九、

彼等兇惡者，憎恨者，
人中下賤之才；
「我」將永擲之於惡趣
於阿脩羅之胎！

二十、既墮阿脩羅胎兮，
生生世世癡迷！
遠弗臻至於「我」兮，孔底子！
彼等趨而下之！

二一、地獄之門三重兮，
皆足以毀滅其躬；
是淫慾，怒嗔，與貪得兮，
故當三棄而莫從！

二二、

高底夜耶！
人離此三入闇之門，
轉修己之上德，
乃將指乎超極！

二三、

人而棄經論之教兮，
行爲私欲所驅；
彼弗臻于成就兮，
無樂，亦不登至上之途。

二四、

故當以經論爲爾量兮，
　以決斷當爲與不當爲；
既明經教所說兮，
　爲業於斯世爾宜！

第十七章

一、

阿瓊那言：

有人棄經論所教言，
又誠敬而奉犧牲；
爲薩埵，刺闍，答摩耶？
克釋拏！彼境何名？

二、室利薄伽梵言：
有身者之信仰，
自性生者三支：
爲薩埵，刺闍，答摩性，
爾其聽之：
三、凡人之信仰兮，
皆隨像其本眞；
人爲信仰所成兮，
是斯信，斯卽其人！

四、薩埵性人，敬拜明神，
刺闍性人，拜夜乂，羅刹，
其他答摩性人，
拜精靈鬼怪之羣。

五、非經論所規訂，
人暴烈以自苦，
結妄心與我慢，
而爲貪、欲之力所拄，

六、以痛楚其身之百骸，
是爲愚魯，
且及寓其內中之「我」，——
當知此皆是
阿脩羅性爲之謀主！

七、抑凡人所嗜之食兮，均有三類；
獻祀，苦行，布施，亦皆如是。
——分別兮，聽此！

八、

食而延壽，充神，壯力，強身兮，
　食之益樂而增歡，
為甘，為潤澤，為滋養，為愜心兮，
　皆薩埵性人所嗜餐。

九、

食之味苦，味酸，極鹹，極熱兮，
　為辛，為乾燥，為灼舌兮，
此皆刺闍性人所悅兮，
　生苦，生憂，生疾兮！

十、久置，失味，而腐、敗兮，
爲棄餘，爲不潔兮，
斯食乃答摩性人所饕兮！

十一、獻祀無徼於得果，
遵儀法之所規；
虔心視奉獻爲當然，
——此薩埵性所爲！

十二、獻祀而冀乎得果，
又唯以虛榮故，
婆羅多之良士兮！
當知此剌闍性所務！

十三、獻祀不遵儀軌兮，不施飲食，
不誦祝讚兮，不贈財帛，
亦無敬信兮！
——斯爲答摩性可識！

十四、尊敬天神，婆羅門，本師，智人，
清淨，直方，貞潔，不害兮，
——是皆謂之身苦行！

十五、不作激惱之辭令，
可親，有益，而誠信，
居常諷習於讚詠，
——是皆謂之語苦行！

十六、温柔，沈默，意安静，
善自克制，心純正，
——是皆謂之意苦行！

十七、人以至誠極敬兮，
而修此三苦行，
不求果而和合兮；
——斯則謂之薩埵性！

十八、苦行唯出於虛矜，
　　爲求尊敬與奉事；
斯則謂之剌闍性，
　　游離，旋易顛躓！

十九、苦行以癡迷而固持，
　　徒以自病，
或爲損他之故兮，——
　　斯則謂之答摩性！

二十、以布施爲當然，
必無得於酬報，
適其時，合其地，當其人，
——此布施爲薩埵性可稱道兮！

二一、而布施爲獲報之故，
或有望於得果，
或且生其煩惱兮，
——此布施稱爲剌闍性！

二二、

布施於非其地，非其時，非其人，

或鄙夷，無敬，

——斯則謂之答摩性！

二三、

「唵！特的薩的！」

記此大梵三言之名！

婆羅門，與韋陀，與祭祀兮，

自古由是而成。

二四、信如聖典所說兮，
獻祀，布施，苦行諸儀，
善以梵祭師始事兮，
故常誦「唵！」一詞。

二五、無希冀於果報兮，
爲種種祭祀，苦行，布施之儀，
求解脫之人，
誦「特的」一詞。

二六、說「薩的」表「眞」義與「善」義！
「薩的」亦用於可頌讚之行事。

二七、堅定於祭祀，苦行，布施，
是亦謂之「薩的」！
且唯爲「彼」而有爲，
是乃謂之「薩的」！

二八、

不以敬信而獻祀，
苦行，布施。
帕爾特！此皆謂之「阿薩的」！
無益於後世，無益於斯！

第十八章

一、

阿瓊那言：

摩訶婆和！

我欲分別知：退隱兮，眞義云何？

棄絶兮，抑又云何？

二、

室利薄伽梵言：

見士所識爲退隱兮，

謂舍爲私欲而爲業；

棄捐一切行業之果兮，

智者稱爲棄絶。

三、

有牟尼作如是言：

盡舍行業如去惡！

祭祀，布施，苦行諸業兮，

有餘師謂當作。

四、聽我言棄絶決定義兮！

——棄絶義說有三：

五、祭祀，布施，苦行諸業兮，

此宜作唯不當棄絶。

唯祭祀，布施，與苦行兮，

智者因之聖潔！

六、即此諸業兮，
為之當棄執而舍果。
帕爾特兮！
我思此義決定而最可。

七、退避乎法定行業，
誠不應為；
此由愚癡而棄絕，
答摩性其可知。

八、以行業爲苦兮，
憚身煩惱而棄之；
此成其剌闍性棄絶兮，
棄絶之效必虧。

九、唯治法定行業兮，
阿瓊那！以爲必作；
稱此棄絶爲薩埵性兮，
唯棄果與執著。

十、

無憎於非可樂之業兮，
無耽執於可欣之事；
棄士充其薩埵性兮，
斷疑慮而明智。

十一、

凡有身命兮，
不能棄行業無餘；
獨棄行業之果兮，
斯棄士其可譽。

十二、非棄絕之士兮，
身後之業果三途：——
可樂，不可樂，與雜糅，
退隱之士皆無。

十三、摩訶婆和，學此！
僧祛論其五因，
是有爲之究竟，
諸業以之成就：

十四、行動之基，兼作者，
諸識，動力亦種種，
而有監臨在諸處，
是其神明爲第五。

十五、人以身、語、意爲業，
或邪或正此五因。

十六、信於此其然兮；——
而有人見唯己爲作者；
非明智成就之故兮，
彼無見，爲惡見者。

十七、若無我私之見兮，
智非染汙。
縱其盡戮此人兮，
非殺戮亦無所拘。

十八、知、所知、與知者三，
所以起諸行業。
緣、所行、與作者三，
行業于於焉諸攝。

十九、知、業、與作者，
唯功德異而三分。
爾如實其聽之！
功德數論如是云：

二十、

彼知爲薩埵性兮，
在萬有而見一；
此「一」無變易兮，
在羣分而無析。

二一、

彼知爲剌闍性兮，
於萬有而識其多，
謂性異故不一兮，
紛總總其殊科。

二二、執一事以爲大全，
無理，非眞元依實，
而又瑣屑兮，
此答摩性知可識。

二三、彼業稱薩埵性業，
行職分其必諧；
離執着而無憎、愛兮，
不以業果爲懷。

二四、

彼業謂之剌闍性業，
　將以求其所欲；
或更由我慢兮，
　而作之劇數。

二五、

彼業稱答摩性業，
　所作以愚妄而興；
不計後效、損、害兮，
　與能力之所勝。

二六、作者謂之薩埵性人，
離執着弗用己私；
具堅忍與誠衷兮，
等成敗而不移。

二七、作者著稱剌闍性人，
望業果亦又貪攘，
損害爲性又汙垢兮，
隨喜憂而惚怳。

二八、作者謂之答摩性人，
浮蕩，麤鄙，頑梗，詐僞，
陰險，懶惰，頹廢，因循。

二九、智與忍各三種，
以功德而判分。
聽之，一一詳盡以聞：

三十、

彼智爲薩埵性兮，
知縛與解，進與退，
當爲與不當爲，
當畏與不當畏。

三一、

彼智爲剌闍性兮，
法與非法，
當爲與不當爲，
知不如實。

三二、

彼智爲答摩性兮，
由愚闇而盖纏；
以非法爲法兮，
視事物其皆顚。

三三、

彼忍爲薩埵性兮，
修瑜伽縮其散馳，
善制意念，吐納，與諸根之動兮，
乃堅定而不移。

三四、彼忍爲剌闍性兮，
固耽於法，欲樂，財利；
執着以求果願兮，
亦堅持而不異。

三五、彼忍爲答摩性兮，
不解其迷夢，恐懼，憂愁，
及頹唐，與狂妄，
固癡頑之不瘳。

三六、而樂亦有三種，今爾聽之！
婆羅多人傑！
由修習而悅豫兮，
至於諸苦皆絕；
三七、其始如毒苦兮，
其末如飴。——
此樂謂之薩埵性樂，
生自清明之「我」知。

三八、諸根與根境相接兮，
始如甘露而末如毒苦。——
此爲刺闍性樂兮，記取！

三九、其始卒皆爲自失兮，
起於睡眠、怠惰、放逸，——
此稱答摩性樂兮！

四十、

既不在地，

亦非於天上神中；

而有薩捶兮，

解脫此自性生功德三重！

四一、

婆羅門，刹帝利，

吠奢，戍陀，——

由本性生之功德兮，

職分於是分劃。

四二、嚴肅、自制、與苦行，
清淨、容忍、唯直正，
知識、理智、及敬信，
——是皆婆羅門職分兮，
生於本性。

四三、勇武、雄強、又堅忍，
臨陣敢死、而機敏，
慷慨、爲事能主引，——
是皆刹帝利職分兮，
生於本性。

四四、

吠奢本生職分兮，
畜牧，耕耘，貿易。
戌陀本生職分兮，
服勞勤力。

四五、

各各盡己之分，
人以是得圓成；
聽之！如何而獲成就，
盡職分於自生？

四六、

自「彼」而起衆生進化兮，
由「彼」而諸有徧漫。
盡己分以爲「彼」敬兮，
人成就於焉美完。

四七、

自法縱無功德兮，
　優於循他法而有功。
盡勅於本性之分兮，
　愆垢庶幾不蒙。

四八、

天生之本分兮，
雖有缺憾而不可墮也。
凡有作必有過缺兮，
如煙之蔽火也。

四九、

智徧處無凝滯兮，
自克而袪外誘，
由退隱而臻至兮，
至上無爲成就。

五十、

如是得其成就兮，
如是臻乎大梵，
彼無上智之歸宅兮！
簡言爾其知念！

五一、

與清明之智和合兮，
堅忍以自制其躬；
聲樂等境其棄絕兮，
貪、瞋其無動於衷；

五二、

居閒寂之所兮，
少食，而善制語，持身，守意；
常處禪定瑜伽，
得澹泊蕭清之致；

五三、

滌除我慢，權威，倨傲，
欲情，忿怒，貪好兮；
無我所而恬安，——
彼則堪成梵道！

五四、

成乎梵道兮，心思恬靜；
無憂無慮兮，衆生等平；
彼於「自我」兮，皈其至敬。

五五、

以敬愛而知「我」兮，
如實知「我」奚似，抑又爲誰；
既知「我」如實兮，
入乎「我」其必隨。

五六、

雖常爲諸行業，
彼則以「我」爲依；
以「我」恩慈之故兮，
得永恆不滅之歸。

五七、

心以諸行捐于「我」兮，
其以「我」爲無上！
憑依智慧瑜伽，
爾其永存「我」想！

五八、存想於「我」兮，
爾度出苦難由「我」慈仁。
若憑我慢兮，
終毀敗兮，爾不「余」遵！

五九、若憑我慢而自惟，
——曰：我則不戰！
斯決意爲唐勞；
自性將強爾還變！

六十、

本性生自有之職分兮，
孔底子！爾爲所羈！
以癡闇不欲爲者兮，
爾無由自主而必爲！

六一、

阿瓊那！
衆生內心兮，
主者維神！
由「彼」之摩耶兮，
衆生旋轉如在機輪。

六二、往！爾其皈依於「彼」！
婆羅多！以爾身心其盡如！
以「彼」恩慈之故兮！
得永恆至上安居！

六三、此智「我」以授爾兮，
較玄祕而更閟！
此觀照而無餘，
則徑行爾心之所出！

六四、

更聽「我」之至言，
一切祕密中至祕；
爾于「我」爲摯愛兮，
故「我」言爾之所利：

六五、

致思于「我」兮！
敬「我」！事「我」！拜「我」！
爰臻至于「我」所！
爾爲「我」之所親，
故眞摯其爾許！

六六、

盡棄一切法兮，
皈「我」於一！
「我」將盡釋爾諸罪惡兮，
爾無愁疾！

六七、

其永毋以此語人！
若其人無苦行，無誠敬；
或不願聞之，
或于「我」而詬病！

六八、
有以此至上祕密兮，
授於「我」之信士，
斯致無上誠敬于「我」兮，
無惑乎其「我」歸止！

六九、
人中更無勝彼兮，
奉事于「我」更親；
如彼爲「我」所愛兮，
于世亦無餘人！

七十、

爾「我」聞此聖言，
有人從而研詠；
「我」思彼以智識兮，
獻於「我」而爲敬！

七一、

有人得而聞此兮，
充敬信而不議，
彼亦將解脫兮，
得淨行者之善世！

七二、

帕爾特！

爾聞此專心一意乎？

檀南遮耶！

爾無明生惑庶幾息乎？

七三、

阿瓊那言：

以君慈恩兮，阿逸多！

我癡遂解兮，記憶還存；

我今堅定兮，疑惑皆祛；

我將行君之所言！

七四、

桑遮耶言：

如是我聞，

婆蘇提婆與巨靈帕爾特

為斯奇異談論，

——身毛喜豎！

七五、

由維耶索仁慈，

此至上玄祕瑜伽，

我親聞自

瑜伽主——克釋拏所自云！

七六、

君王兮！
此凱也舍筏與阿瓊那之談論，
恢奇而又聖哲；
余記之而又記之！
歡悅而又歡悅！

七七、

君王兮！
覩赫黎之神變，
實驚絶其瓌瑰！
余記之而又記之，
歡喜而又歡喜！

七八、

彼處有克釋拏——瑜伽主，
彼處有帕爾特——神臂弩，
是處即有吉祥，勝利，
　安樂，永恒大法兮！
我思兮栩栩！

室利薄伽梵歌終此

註釋

目錄

釋辭——義譯

辭者，詩人所歌詠之辭也。譯時意或未盡達。其說或非華夏所知，不得已，從而釋之。

章壹・頌二・聚屯——列陣也。有所謂金剛陣等，戰時每日列陣變換云。

(Ma. Bhā. Bhī. 19. 4-7; Manu. 7. 191)

三・阿闍黎——親教師也。

大軍——古印度軍制，一軍 *akṣauhiṇī* 為戰車二萬一千八百七十乘。戰象同數。騎兵三倍此數，步兵五倍此數。此次大戰，班荼縛七軍，對方十一軍，兩方都十八軍。參加者約四百萬人。

四・敵萬弓人——古制，能敵一射手者，為一戰車兵 *rathin*；能敵多射手者，為 *atiratha*，能敵萬射手者，為 *mahāratha*，即一大御者，戰車大將也。(*Ma. Bhā. Udyoga*, 164-171)

三六・暴徒——古印度法：放火者，施毒者，以兵械攻殺者，刼財者，奪地者，奪人妻女者，此六皆謂之暴徒。此處蓋指剝奪土地而言。摩奴法中(*Manu. 8. 350*)謂，凡爲暴徒者，無論其爲老師，爲老人，爲兒童，爲有學之婆羅門，皆當殺無赦，殺之者無罪。而法論(*Dharma Śāstra*)謂雖殺暴徒亦不爲無罪。二說相違。

四一・族姓——古亞利安四族姓也。*Caturvarna*。今譯階級，未當。玄奘譯「族姓」，較妥。（見大唐西域記）。卽婆羅門，刹帝利，吠奢，戍陀也。（參拾捌，四一至四四）。古印度社會久經變亂，卽今風俗猶存，然其中血統亦頗混雜云。

弍・七・正法——正當行爲之軌則也。*Dharma*。義爲法律，亦爲宗教，亦爲原則，義皆不偏。譯曰「道」曰「正道」差近。詳見「音譒」四，達摩。

二五・不顯——非眼、耳等可得而察識也。

四一・不完——無終也。墮無窮過等。

四六・明智——見道之謂。

讚頌——謂韋陀中求福之讚頌詩章，所以禳災，祈雨，求子等。彌曼薩

Mimāṃsā 派之學也。

五二．「所聞」*Śruti*，諸韋陀諸奧義書通稱。另說乃敵方在戰先游說之詞。（*Udyogo Parva 22-27*）即阿瓊那在第一，二章中所複述者。

五七．凝滯——耽執也。即佛乘中所謂執著。漢時輒曰凝滯，如曰：『聖人不凝滯于物。』

五九．無耽執——原文謂「無食物」。諸根而享受根境（今言對象）則「有食物」之謂也。

意想——習氣也。

至眞——謂超上大梵。

七一．我所——我之所有也。取佛乘舊譯。如心之所有，謂之心所。

叄．

三．信——信仰也。名詞。

四．「無爲」*naiṣkarmya*，此義同老氏之無爲，非釋氏之「無爲」*asaṃskara*也。心靈臻于寧定靜止，居高以觀察自性之所爲，而不爲其所動，乃此所謂無爲，非謂無所作爲也。（參伍，九；拾捌，十一）稍見前序。

六．業根五——作業之根也。手、足、喉、二排洩根也。

十四．行業——此處謂祭祀禮儀。

二三．無休——直譯爲「無睡眠」。

二六．智辨——理智之剖析也。——智者當弗使愚人生其理智分別，轉增迷惑也。

有爲——爲偏在之神聖者而行爲也。

三三．強制 *nigraha* —— 勉強制止也。異乎善導 *sanyama*。強制銷滅生力，善導發皇性能。前者乃意志之壓抑本性，後者乃低等自性服從高等自我之領導。

肆．七．來降——降生世間也。

十七．「爲」道，有五相：

「無不爲」是智者第一相。（十八）

「不着情慮之求」，即無欲，是第二相。（十九）

「自足」內中安恬和悅，不依外物之得失及事業之成敗，是第三相。（二十）

精神臻于非個人性是第四相。唯以身行道而已，餘皆出自上界。

個人性有業垢，精神之非個人性純潔無垢。（二一）

平等性是第五相。（二二）

十九．作始——直譯，作業也。

二五．明尊——天神也。見另釋。

燔——焚也，取抽象義。

二七．諸根——凡十：五業根，見前；五識根：眼、耳、鼻、舌、皮。

諸根之功用：識根之用爲視聽等；業根之用爲語言，執持等。

生命氣息——即吾國醫家所謂「氣」，有其十種，功能各別：

一、上氣，亦呼氣 *prāna*。

二、下氣，亦吸氣 *apāna*。

三、周氣 *vyāna*，在前二之交點，如張弓，提重等動作用之。

四、平氣 *samāna*，即分送養分于全身之氣。

五、魂氣 *udāna*，死時離身之氣。

六、呻氣 *nāga*。

七、瞬氣 *kurma*，司眼開閉。

八、生飢氣 *krikara*，即化食氣。

九、欠伸氣 *devadatta*。

十、本氣 *dhanañjaya*，充周全身，雖死不離。

三十．節食——常食以腹之半實食物。餘四分之一飲水。餘四分之一使空，使氣得流行云。節之或視月之盈虧爲增減，或間斷等。

三二．大梵——另說爲韋陀。原文本具多義。

四二．堅就——謂內心生活于此眞理中，生長于此眞實中也。

伍．十三．九關之城——身體也。上身眼耳口鼻爲七關，下身司排洩有二關。共九關，喻如城。

十八．等觀——等皆見爲大梵也。

陸．一．退士——棄世之修士也。

二．圖謀 *saṁkalpa* ——計功果之策劃也。

三．路由——謂方法 *kārana*。

寧定 *śamaḥ* ——自主自制之安靜姿態。仍屬「爲」道。非上達之後卽不作一事也。

九．中立者——于兩派皆有善願者。漠然者——乃于兩派皆無善願亦無惡願者，原文有超然高處義。

十四．守貞誓——去色欲之謂也。

柒．

八．英 *Paurușam* ——謂丈夫剛健之德性。

九．苦行 *tapas* ——原義爲修持忍苦之熱情毅力。

十．種子——謂神聖存在者之精神權力。

十六．苦痛——謂疾病之類。

十七．抱一——唯敬一超上主也。

大當——大合也。

十九．巨靈——偉人也。

二三．有限——指時間言，易滅也。

二四．無識——謂無識之士。

捌．

一．彼大梵 *tad Brahma* ——彼卽是大梵。是依士釋。

內我知識 *adhyātma* ——字從 *adhi* + *ātma*。*adhi* 者，「寓乎其中」，「屬于」之意。亦可譯「其本」，「其主」。卽自性中之自我原則。

二．外物知 *adhibhūta* ——宇宙本體之客觀現象。神知 *adhidaiva* ——宇宙本體之主觀現象也。獻祀知 *adhiyajña* ——工作與犧牲之宇宙原則。

四．宇宙人 *puruṣa* ——即宇宙本體，宇宙元眞。

五．「我體」——我之「本體」，我之「本性」也。

九．極微——即阿耨，亦譯微塵。又曰隣虛。隣近虛空，過此無有也。

二十．「太元」——原文意爲「永恆不顯者」。

玖．

二．現量——「謂離分別，不謬……此有其四種：其一是根知，其二是意知，由自境根知，他境爲助伴，等無間緣生。其三返照知，返照於自體……其四是直知，修習于實諦，極詣至邊限，有知從此生」。

十六．蔬英——另說爲藥草。膏腴之清——醍醐也。牛乳油之最清者。祭祀則傾于火中。

二十．梭摩 *Soma* ——究爲何物，今已失傳，說者謂爲酒類。

（詳見拙譯大林間書奧義書附錄）

二四．饗者——即所祀之神也。祀主——即主祀者。

拾・二五・　默祝 *Japa-yajña* ——默念神聖之名也。(*Manu, 2. 87*)

雪藏——音譯則爲「喜馬拉雅山」。

二七・　高驤 *Uccaiḥśravas* ——馬名。神話謂上古世鬼神攪牛乳海以求不死之藥。逸出一馬,遂爲因陀羅之戰馬云。

三二・　至理之評——辯論談義有其三種。一曰 *Vāda*,即求眞理至當之義。二曰 *Jalpa*,卽以曲說,詭辯與敵諍論,勝而後已。彼此皆有所立。三曰 *Vitaṇḍā*,以誤解曲說破敵論而已,己亦原無所立也。此以第一譯爲「至理之評」,或師弟之間或朋友之間,皆無成見,虛衷以求眞理者。

三三・　阿——卽 *A* 字,凡字母中之第一也。

偶儷——卽二名在一詞中,平等重要。今言複詞,卽古所謂「離合釋」也。

三四・　柔德凡七——神話謂皆女神名。除「辯才」,「恕道」二者外,與餘五者——卽「健康」,「信仰」,「作爲」,「慚愧」,「聰明」——爲 *Dakṣa* 王之十女,皆嫁與達摩王爲妃,故名 *Dharma-patnī* 云。

(*Ma. Bhā. Ādī. 66. 13, 14*)

三八・善策——古印度制敵四策：一講和，二賄賂，三離間，四征討。——善策，講和之策也。

四二・一分——如一瓶中或一室中之空，是太空之「一分」也。

拾壹・十五・蓮花座——舊釋爲須彌山。謂地爲蓮花形，此山其蒂也。「須彌」音譯又作「蘇迷盧」。

二一・「聖善」（*Svasti* = *Su* + *asti*）——如呼萬歲也。

拾叁・五・五大——地等五大也。我慢——我性也。十根——五識根，五業根也。五根境——五唯也。僧祛廿五諦，除神我外，皆具於此頌矣。

十九・自性——物性也。神我——性靈也。無始——永恆也。（心物二乃大梵之兩面，非獨立，非自有，此韋檀多學。二皆獨立，自有，永恆，此僧祛學）。

拾肆・六・無邪——無憂患疾苦也。

拾伍・十三・月浸 *Soma* ——字有二義：一爲釀成此酒之植物 *Somavalli*，一爲月光。韋陀中說月光如水，潔白有如此酒，遂皆稱爲植物主。據上下文，此當解爲月光。蓋已說其光明于前頌，乃說其性質於後。植物，如稻麥等，如水能浸灌之也。故譯曰「月浸」。

十四．

有氣息——有呼吸之生物也。

四食——一、嚼食，如餅餌。二、啜食，如粥糜。三、吮食，如錫糖。四、含食，如甘蔗，惟咽汁也。此與佛說分段等四食不同。

拾陸．二．

不害 *ahimsā* ——分身不害，語不害，意不害三。心理之損傷虐殺，其爲禍有甚于殺人之身者，故尤當以「不害」對治。有譯爲「非暴力」或「無抵抗」者，皆未恰當。此亦印度獨立運動中之口號。

十．

意——原義亦爲誓願。

拾柒．十．

久置——原文爲 *yātayāma*，義爲炊後已置三小時者，則已冷且失味矣。

腐敗——腐 *pūti* 謂有臭氣。敗 *paryuṣitam* 謂隔夜所具食，蓋氣候使然。

不潔——如以毒箭所殺動物之肉。

十八．

奉事——俗言供養。

拾捌．一．

退隱 *saṃnyāsa* ——棄舍或棄絕 *tyāga* ，字義皆爲「捨棄」，所謂出家也。細分則退隱屬外表生活，棄絕屬內心生活。

三三·吐納——義亦作「生命」，則爲制心，諸識，及生活三者，使不動搖。

三七·飴——意譯，原文本義爲「甘露」。

釋辭——音譯

（一）薄伽梵

梵文名詞，含義過多，唐人往往不譯而存音譯。*Bhagavat*一名，出自*Bhaga*，本義爲「太陽」，引申之義爲「光榮」，「尊貴」，對上之尊稱也。

維示奴古事記中，出其六義：一自在義，二大全義，三正法義，四聲譽義，五吉祥義，六離欲義，如是皆解脫之德，是皆「薄伽」，咸具有者，「薄伽梵」也。

在佛教中則以此名稱如來。佛地論一：薄伽梵者，謂薄伽聲，依六義轉。一自在義。二熾盛義，三端嚴義，四名稱義，五吉祥義，六尊貴義。——靑龍疏云：「薄伽梵者」，依佛地論有二義釋。初成德義，後破魔義。薄伽梵聲，有六義轉：一自在義，永不繫屬諸煩惱故。二熾盛義，炎猛智火所燒鍊故。三端嚴義，三十二相所莊嚴故。四名稱義，一切殊勝功德圓滿無不知故。五吉祥義，一切世間親近供養，咸稱讚故。六尊貴義，具一切德，常起方便，利益安樂一切有情，無懈廢故。——或能破壞四魔怨故，名「薄伽梵」。

名詞本始之義必簡；後起附益之義乃多。析之多無定詁。文字訓詁之學，往往表現濃厚宗教色彩，於韋檀多學常然，是猶歷史與神話之分也。

（二）瑜伽

瑜伽一詞，或獨用，或合用，於薄伽梵歌凡八十見。故稍詳說。

Yoga，字根爲 *yuj*，原義爲「合」，「結合」，「同處」，後義爲「術」，「計」，「方法」，「技巧」。何以言之？

古印度占星術中，某某數星值運行成某一象，以爲吉利或不吉利，輒曰：某某數星已成一吉利「瑜伽」或不吉利「瑜伽」矣。義則爲「同處」，「相合」。史詩中叙克釋拏覩陀拏輒不可勝，曰：唯用一「瑜伽」可以勝之。義則爲「計」，「策略」。後亦言如何爲保護正法，而以「瑜伽」殺諸不義之王。義亦同此。又叙毗史摩掠 *Ambā*, *Ambikā*, *Ambālika* 諸女子時，諸王追之，在後呼曰：

「瑜伽！瑜伽！」義亦同「計」，則有不善義。

通常求財者，亦多術矣。而以勞力得財不損其獨立自由者，謂之「得財瑜伽」*dravya-prapti-yoga*，義爲「正當方法」，則有善義。

于今通俗之義，則制氣 *prāṇāyāma*，調心之術也，羯陀奧義書中，所說瑜伽，亦是此義。*Amarasiṁha* 字典中亦曰禪定，以瑜伽而滅心思之動轉。*Pātañjala* 撰瑜伽書，專論調心入定之方。在薄伽梵歌中，唯第六章說及之（陸，十二，二三）。顧其方法甚幽奧，行之亦難，端賴于師授。又視其人身體之健康與先天之稟賦，及學習修爲之毅力，久暫，而決定其成就。

顧在薄伽梵歌中第一次出現時（式，三九），克釋拏謂當授以瑜伽。始述凡夫心智之不定，由于冀行業之得果；執由冀果，縛以執生，何不棄執矣！（式，四八）得失成敗，心焉等平，此卽瑜伽也。是則爲行業之方便善巧，故曰：『瑜伽在諸行爲便捷。』商羯羅于此句釋云：『善巧者，以平等智而消滅行業所自然而生之束縛也。』（式，五十）

然其義不止此也。天帝旣稱「瑜伽主」矣（拾捌，七五），則其創造之神聖權能，亦謂之瑜伽，（柒，二五；拾，七；拾壹，八）所謂「威德瑜伽」也。

商羯羅以前，悟道之人住世，有其二途：一爲捐棄一切人事，了無所作，所謂棄世也。一爲此身一日住世，卽一日不廢行業，無功無過，無咎無譽而已。故曰：『棄世與行業瑜伽，二皆畀汝無上之福。』（伍，二）說僧祛與瑜伽者（伍，四），乃簡言之，卽此二途。瑜伽有「結合」義，不離于行業之道也。

阿瓊那，行動性人也。則以行業瑜伽，屬之行動性人矣。（叁，三）故勉之以堅立于瑜伽，呼其『起！起！』以赴戰殺敵也。（肆，四二）史詩中亦以瑜伽道卽 *pravṛtti-mārga* 與智識路卽 *nivṛtti-mārga* 對舉。（*Ma. Bhā. Āśva.* 43. 25）又言奉行薄伽梵教者，非捨行業也，不外方便善巧行之而已。*suprayuktena karmaṇā*（*Ma. Bhā. Śān.* 348. 55）。以此乃臻超上自在主云。

證之以他書：巴利文之（*Milindapraśna* 1. 4）有「宿昔瑜伽」*pubha-yoga* 之詞，釋者謂爲 *pubha-karma*，卽「宿昔行業」。馬鳴之佛所行讚經（*Buddha-carita*, 1. 50）亦言 *yoga-vidhi*，卽可釋爲「無求無欲之行業瑜伽」。古事中釋那迦 *Janaka* 爲名王，以此而教諸婆羅門，大致謂國王雖不棄世出家，亦得解脫。此王亦薄伽梵歌（叁，二十）所稱者也。

要之，無論說其道爲二爲三以至於六，義皆爲精神生活，卽與「至眞」結合之道。（以上多採 *Tilak* 氏說。）至近代室利阿羅頻多，乃有綜合瑜伽之學。

（三）羯磨 *Karma* ——行業也。

Karma，字根爲 *Kṛ*，作也，事也。天竺之俗，信鬼而好祀。古彌曼薩（*Pūrva-Mimāṁsā*）派之學，以爲祀神 *yajña*，（歌中常譯「犧牲」，即以犧牲爲祭祀也。犧牲亦常取抽象之廣義。）乃人生之唯一事業。而宗教之事，即依韋陀所記之儀文行其祭祀而已。其功效則祭祀者可以生天，天，樂土也。

韋陀教人行祭祀，此種行事或業，非能爲人生之束縛也。然希望乃在于得果。於是祭祀犧牲之行業，亦歸于人事有求之業中 *puruṣārtha*。有求得果即不能無縛，於是祀事 *yajñārtha* 即 *kratvartha* 亦復起縛。此薄伽梵歌所以貶抑之也。（弍，四二，四三，四四，四六）。——此謂「韋陀」行業一類 *Śrauta*。

但人生之事，如彌曼薩派所云，皆奉獻神明之犧牲，如求財利，所以爲犧牲也；收稻麥，所以爲犧牲也，則亦無論已，特宗教觀點耳。而法家視此不同。自社會觀點論之，乃有按族姓而分其行業者，剎帝利以戰爭爲行業；吠奢則以商賈；戍陀則以服勤。此則謂爲「法典」行業一類 *Smārta* 。

然人生之事，不以上述二類而盡也。而有古事記中所詳述之節食，修爲等事，斯則又成「古記」行業一彙 *paurāṇika-karma* 。此又分爲「常業」*nitya-karma* ，如沐浴也，晨夕之祈禱也。行之無功，不行則有過。「非常業」*naimittika-karma* ，如禳災星，行懺禮是已，如無災星則不禳，無過咎亦無懺。「有求業」*kāmya-karma* ，則依經教行之，求雨，求子嗣等皆是。而有人生絕不可行之事，如飲酒，則謂之「禁業」*nisiddha-karma* 。在佛法中又分「性業」，「遮業」，或「引業」，「滿業」等，茲不具說。

薄伽梵歌，于行業所說甚詳，譯時往往又譯之曰「爲」，曰「有爲」，曰「行」，實皆原文「羯摩」一字也。要之人生之所爲者，凡起，居，飲，食，行，住，坐，臥，視，聽，言，動，思惟，靜默，取，與，求，捨，農，工，商，學，戰，鬥，教，令，或屬身，或屬語，或屬意者，皆謂之「羯摩」。字原無不善義也。（吾華大儒馬一浮氏嘗曰佛典中說「業」總有不善之意，是已。于此歌原文中求之，殆不然。教義之不同也。）

（四）達　摩 *Dharma*

歌中「達摩」一字屢見，輒譯曰「法」，「正法」或「職分」。*Svadharma* 則譯曰「自法」。且何謂「法」也。

史詩中有云：

『能持者謂法，　衆生法所持，
起持繫者法，　是爲決定義。』（*Ma. Bhā. Karṇa.* 69. 59）

蓋字從 *dhṛ* 而得，「持」也。唐人釋曰：「法謂軌持」，住說也。持繫者，結合也。

以入世道論之，古有「王法」*rājadharma*，爲君王之法，即君王之職責也。世俗所謂王法，則「民法」*prajādharma* 耳，即人羣之法律。國家及地區有其職事，責任，謂之約法憲法等，則可入于 *deśadharma* 一類。家庭中男女之責任，父子兄弟之分，有不可逾者，則家法 *kuladharma* 也。婆羅門有其祭祀等事，剎帝利有其戰爭等事，職責所在，則「族姓法」*jātidharma* 也。戰場中有武士之德，不殺降，不戮手不執兵器之人，如是者，雙方共守，則戰爭法 *yuddhadharma* 也。印度古說人生之所求者，四端耳。一教法 *dharma*；二財利 *artha*；三情欲 *kāma*；四解脫 *mokṣa*；謂之人生四諦，則所云教法者，倫理耳。維耶索嘗云：

『舉臂爲君說，　　而無人我聞。
人若以正法，　　得財利欲情，
則君等何由，　　而不遵正法？』

則正法者，尋常正當律則耳。

夫「軌持」者，就其用而言之耳。持支此社會，保障此人羣，使人人皆趨于安樂之道也。故摩奴法典中謂『能生不樂者，是法卽當棄。』（*Manu*, 4. 176）而世間之正義，善行，分所當爲之事皆歸之。不必具文者也。

但就出世道論之，「達摩」義爲趨于來世或彼土之軌道，無論其爲淨土爲天堂，則不但韋陀之祀事，卽各宗教之所修爲者皆歸之，又不徒爲保持社會人羣而已，而有望于靈魂之得救。所謂佛法者，亦歸入此類。而有以史詩爲第五韋陀者矣，與彌曼薩二書（*Pūrva-Mīmāṁsa, Uttara-Mīmāṁsa*）爲婆羅門日常誦持之三書。蓋出世入世之道，就行業言之，原無嚴格之區劃。住世一日，卽一日不能無行業，食粟一顆，卽未能離脫人羣也。斯則又專謂「解脫」之法。

顧法何自而生？史詩嘗云：『法者，起于習俗者也。』（*Ma. Bhā. Anu. 104. 167, ācāraprabhavo dharmaḥ*）法典亦云：『法者，最高之習俗也。』（*Manu, 1. 108, — ācāraḥ paramo dharmaḥ*）又云：『韋陀也，法典也，善行也，及吾人之所欲者也。』（*Manu, 2. 12, — vedaḥ smṛtiḥ sadācāraḥ ca priyamātmanaḥ*）則皆就其相而言之也。而彌曼薩派輒云：『法者，教感之事相也。』（*Jai. Sū. 1. 1. 2. — codanā-lakṣno 'rtho dharmaḥ*）所謂「教感」*codanā*者，賢人哲士之所言，此當爲，或此不當爲，使人感奮興起者也。然則就其範限而言之也。

夫人生之事如此紛繁，中西古今之習俗殊異，則何者當爲，何者善行，何者爲量，何所適從？而使人感發興起者，多述矣。史詩中固云：

「推理非安立，聞義（韋陀）已紛歧。
仙人所說言，無一爲至量。
法之眞實理，玄奧固難測。
偉人之所行，斯則爲大道。』（*Ma. Bhā. Vana. 312. 115*）

夫世間偉人多矣。而其行徑，又非一一可爲軌則者也。

且何謂「自法」耶？淺說之，則自有之職分耳，自有之宗教耳。歌中輒云：

『循自法雖無功兮，勝行他法而與宜。』（叁，三五）或『優于行他法而有功』（拾捌，四七）。似爲固守己事，固執本教。向使非洲土人，固守其教其法，則終古爲半開化之民族而已。是說也，其義似狹，不足以饜吾人之望。

就佛法論之，宗乘不同，經權各異，禪宗心傳，輒付無法；說其法門，八萬四千，何可勝道？

至此，不得不舍此語文研究，進而作至簡單之玄學探討矣。大抵可謂：吾人所以爲吾人，及吾人將爲吾人者，其力量乃在一高等「精神」之權能中。我輩生存之本質，乃宇宙間無數人格之「精神」自性也。吾人之性靈，亦卽此「精神」之一分。在此自性中，每人皆有其轉變之原則與意志，每一心靈，皆自我知覺性之一種力量，所以構成其中神聖性之理念者，由此而引導其作用與進化，及自我發現與自我表現，終必趨于圓成。此卽吾人之自性，亦卽是眞性。由此眞性所決定之行爲，有其律則，乃吾人之自我形成與種種行爲作用之正當律則，此之謂「法」，此之謂「自法」。

薄伽梵歌，亦論人生「法」事之書也。是法非法，當爲與不當爲，皆詳說之，以決大猶豫定大疑難。其說皆具于內篇。（阿羅頻多疏）

（五）僧祛 *Saṁkhyā*

字從 *Saṁ-khyā* ——「計數」也。卽「智慧數」，「數度」。在薄伽梵歌中有二義：一卽數論哲學（拾捌，十三）；卽凡哲學皆是。故 *Saṁkhya-yoga* 又譯爲「知識瑜伽」（貳，三九；叁，三；伍，四；拾叁，二四），則不但數論哲學在其中，卽韋檀多派哲學亦在其中。說者謂此派哲學安立二十五諦，故該派之修士得此名稱。卽「計數者」也。然韋檀多派之修士亦得此名稱。在薄伽梵歌成書時代，數論哲學，正漸自圓成，趨於獨立也。

唐人謂：從數起論，名爲數論；論能生數，亦名數論。其造數論及學數論名「數論者」。——正爾不訛。皆卽此一字。

自佛法視之，數論爲外道。謂有外道名劫庇羅 *Kapila*，此卽歌中（拾，二六）所謂『「我是」成就仙之牟尼羯比羅。』乃此論之創立者。顧其生於何年何代，無從考據。史詩中謂其與 *Sanatkumāra*, *Sanaka* 等七人爲梵天之七子，皆生于梵天之「心」者（*Ma. Bhā. Śān.* 340. 72）。則似其時代甚古。史詩同分中又有毗史摩云：僧祛所說宇宙起源之學，隨處可得。得之於『古尋記，古史，法典中等。』且謂『凡此世間之智識，皆出於僧祛論』云。另處又云此學阿修利以授禪那迦。阿修利爲劫庇羅門人。——若此阿修利卽百道婆羅門書（*Satapatha Brāhmaṇa*）中所言之 *Asuri*，則其人大致生于公元前六百年。

吾華之知數論，蓋自大乘佛法而得。至今金七十論及唯識述記中諸說，猶有可觀。然以佛徒而說「外道」，牒之所以非之，立之所以破之也。故其中義蘊，殊待闡發。卽如三德譯爲「勇，塵，闇」等，亦未恰當，（此見後釋薩埵等）而薄伽梵歌雖取數論之種種名相，其說又有不同。茲略釋之：

『依金七十論，立二十五諦，總略爲三，次中爲四，廣爲二十五。

略爲三者，謂變易，自性，我知。

變易者，謂中間二十三諦，自性所作，名爲變易。

自性者，冥性也。今名自性，古名冥性。今亦名勝性。未生大等，但住自分名爲自性。若生大等，便名勝性，用增勝故。我知者，神我也

中爲四者：一、本而非變易。謂卽自性，能生大等，故名爲本。不從他生，故非變易。二、變易而非本。——說謂十六諦：——卽十一根及五大，——總十六諦；又說但十一根。唯從他生，名爲變易，不能生

他，是故非本。三、亦本亦變易。——說謂七諦：卽大，我慢，及五唯量。又說幷五大合十二法，謂從他生，復生他故。四、非本非變易。謂神我諦。

廣爲二十五諦者：一、自性。二、大。三、我慢。四、五唯。五、五大。六、五知根。七、五作業根。八、心平等根。九、我知者。於此九位，開爲二十五諦。』（以上錄唐窺基成唯識論述記卷四。以其文簡要故。）

世間現見萬物生滅。固然。油從麻出，不生于沙；酪從乳生，不出于水。世間萬物，必已原有；本來非有，何物可生？由此以推，所生 *kārya* 在能生 *kāraṇa* 中本有。他論謂種子壞滅，芽乃出生，芽旣壞滅，樹乃成長。數論謂是事不然。（韋檀多派同數論）。種中所有，未嘗壞滅，資于水土，乃得生芽；芽中所有，未嘗壞滅，資取外物，乃復成樹。本來無因，何由得果？由是萬物，必有始因。此說謂之 *satkārya-vāda*。卽窺基所說『執因中有果』也（參 *Śām. Kā.* 9; *Ve. Sū. Śām. Bhā.* 2. 1. 18; *Chān.* 6. 2. 2; 3. 19. 1; *Tai.* 2. 7. 1; *Ve. Sū.* 2. 1. 16. 17）。此亦薄伽梵歌『無有者非有是今，已是者非無有。』義。（弍，十六）

此一始因，謂之「自性」*prakṛti* ○義爲「基本」○以今言表之，無寧謂爲「本質」○凡自其所生者，謂之 *vikṛti*，即自性之變易 *vikāra* ○然吾人今見金、石、土、木，其性不同；於是數論者視萬物之分殊，而區之爲三態，斯即唐人所云三德○凡物皆有極純淨完善之態，此之謂屬於薩埵性者 *sāttvikī*；其不完善一態則爲屬答摩性者 *tāmasī*；其中間由二進至於一之一態，則爲屬剌闍性 *rājasī* ○三者原平等有在於「自性」中，由其力量（或曰密度）異而萬物得覩○於是基本物質雖一，而有地、水、火、風、空等不同（五大有實名空，或譯曰「以太」）○宇宙間實無非三德所成者，亦無純一德者，以某德獨著，則餘二雖存而不彰，此之謂「伏」○（*Sām. Kā.* 12）○薄伽梵歌所謂在人則『薩埵強盛兮，已克制剌闍，答摩』等，謂此○（拾肆，十）

復次，萬物始因，「非顯」*avyakta* 者也○「顯」*vyakta* 謂如聲色等，可見可聞○以識根可得，皆「顯」者也○概括分之，則曰「麤」*sthūlah* 與「微妙」*sūkṣma* 二者○「妙」者，渺也○以太甚微，然彌漫宇宙，此一「本質」，體是「微妙」（*Sām. Kā.* 8）○而勝論極微聚集之說，亦不能外○蓋究彼極微，必有原質，既有原質，仍入此樊○此「自性」者，無可分析，徧漫萬物，其體是常，雖非顯了，而可以推知者也。以其爲萬物之本，故曰「初基」*pradhāna*；以其自破平衡，激吐三德，又名「激德」*guṇakṣobhiṇī*；以其含藏萬有之本質，故名「多種」*bahudhānaka*；以其能生，故曰「能生者」*prasavadharmiṇī*。而劫末之時，萬物散壞 *pralaya*，非滅沒也，皆還歸于此「非顯」之「本質」（冥性）而已。唐人言變「易」而不言變「滅」者以此。薄伽梵歌，亦同此說。（式，二八；捌，十八）

復次：宇宙非徒一「物」而已，而實有「靈」。知覺 *caitanya*，非生於物者也。能知所知，必是二者（*Sāṁ. Kā.* 7）。知者既異乎自性，必非三德攝。自性無知 *acetana* 而有爲，神我有知 *sacetana* 而無爲。一盲一明，二者双立，本有而常。薄伽梵歌謂自性神我，二皆無始，（拾，十九）卽是此義。若使顯者入冥，萬物返本，神我與本，二皆永存。二者之外，別無其他。如謂「時間」，若是顯了，亦自性所生；如說「自在」，若無相無性，則執因中有果，三德所成之物，必非由是而起。此僧祛所以爲二元論亦爲無神論也。然薄伽梵歌，不說二者皆本有而双立。其視「自性」，則摩耶耳。（摩耶 *māyā* 是「幻有」，後當廣說。）卽自在主之摩耶。（柒，十四）又曰：我之胎藏爲大梵，置種子其中而萬物發蒙。（拾肆，三）且曰：唯「我」之一分永存兮，於情命界化爲性靈。（拾伍，七）則一元論也。

復次：僧佉神我，一中有多。凡人生死不同，苦樂異況，一得解脫，他猶未得，則神我相異，其數無量（*Śām. Kā. 18*）。此執萬物皆爲大梵之韋檀多派所不許也。（捌，四；拾叁，二十至二二）（*Ma. Bhā. Śān. 351; Ve. Sū. Śām. Bhā. 2. 1. 1*）許是實有，是多所成。

復次，宇宙僅有自性與神我，其關係云何？自性原不可見，其麤體微妙體，依神我而出現。（*Śām. Kā. 57*）神我獨離 *kevala* 而冲漠，三德之起伏，乃紛呈于其前（*Śām. Kā. 59*），輔車相依，乃生宇宙間一切法（*Śām. Kā. 21*），此薄伽梵歌所許也。（拾叁，二九）神我有體而無由見，乃以三德之自性而自見。且「大」者，智也 *Buddhi* ，（此與「五大」異諦），自性所生，而三德之自性如鏡（*Ma. Bhā. Śān. 204. 8*）。若使「大」轉爲薩埵性矣，明瑩明澈，神我自于此鏡中，自見其超乎自性，且三德之起伏皆超越矣，則諸縛皆解，而歸于獨離，如是謂之「解脫」*kaivalya* 。此亦歌中所言者也。（拾叁，三十；拾肆，二十）

復次：此「獨離」爲自性離神我耶？爲神我離自性耶？神我不動而無爲，則何由離絕？（拾叁，三一，三二）則能離者，自性也(*Sāṁ. Kā.* 62)。歌亦云然。（拾叁，三四）且謂知二者之分，「智者」也。（拾伍，二十）然歌中所言「解脫」，乃性靈之證見其本源，卽「超上大梵」，双超「自性」與「神我」二者，此其所以爲「不二論」也。

復次：得「解脫」而臻「獨離」矣，豈非形壽皆盡耶？僧祛論曰不然。如陶家輪，轉動製瓶，瓶已成就而分離，輪轉不因此而遽止，得解脫者亦然，正爾長久住世；（*Sāṁ. Kā.* 67）然既臻獨離矣，神我坐照人生之苦樂，漠然無動，恬然晏如，可謂超乎生死矣。非是者，縱或生天，終于未了，或猶轉世，三德相資。（*Sāṁ. Kā.* 44. 54）薄伽梵歌之說，於此亦同。（拾肆，十八）然則修「法」猶或未離，得「智」乃爲極詣，劫庇羅之說，于此分辨甚明。「智」者，超乎三德之證悟也。以其由薩埵性增勝而得，故仍安立于薩埵性中，而不另立一性，此亦薄伽梵歌所同也。（拾捌，二十）

總之，薄伽梵歌善攝僧祛之論；終以一元駕此二元。所謂「田」者，自性；「知田」者，神我也，（拾叁，十九至三四）而其義微別。說超于三德亦然；（拾肆，二二至二七）而有一「無上大梵」，双生此自性神我二者。商羯羅疏章檀多經，（*Ve. Sū. Śām. Bhā. 2, 1.3*）亦曰，凡僧祛之論，皆可採也，獨與義書之「不二論」，卽宇宙有一「超上大梵」之說，所不可棄者也。其相同相異如此。

（六）薩埵 *Sattva*，刺闍 *Rajas*，答摩 *Tamas*。

薄伽梵歌於此三者分辨甚詳，（拾肆，五至二七；拾柒，一至二二；拾捌，七至十；十九至四十）故爲簡說。此諸音譯，皆遵唐人之舊；義譯亦皆取之，然實有未盡未當者，茲據僧祛論等辨之。

唯識述記釋「三德合故」下云：『三德合故者，意云此薩埵等三，是自性功德。然我本有，不從他生。……德者功德之義。彼計三德爲生死根本，亦如佛法中貪，嗔，癡爲生死本也。』又：『若傍義翻，舊名染，麤，黑，今云黃，赤，黑，舊名喜，憂，闇，今言貪，瞋，癡，舊名樂，苦，癡，今言樂，苦，捨。』又：『三德應名勇，塵，闇者，意云：一切有情所有勇，悅，染汙，貪，瞋，癡，憂，喜，闇，鈍等事者，皆由三德與自性合，轉變而成，能令有情，有如是事。』而義蘊亦云：『勇，塵，闇者，有能生大等之功能，故名勇；從微至著，以細生麤，故類于塵；未生法時，相貌未顯，義同於闇。』

功德者，guṇa 之舊譯。意謂有其體之有其德。是形況或相狀義。然此三者，乃所以組成自性者也，是本體義。字義是「繩索」為能縛，又為「弓弦」之能張。

據僧祛論（*Sāṁ. Kā. 16*）云：

『性，變異生因　　三德合生變，
轉故猶如水　　各各德異故。』

此義自性有三德，故能生變異，三德合故，譬如多縷和合生布。三德亦如是更互相依，所以生變異。故另喻自性為一繩三股，亦合。

三德何由而知？因果故，相應故。果有樂，苦，癡，則因必有喜，憂，闇。

三德相互違，如何共作事？實爾，三德相互違，為屬一我不自主故，得共一事，如三物合為鐙，是火違油，炬；油亦違火，炬。如是相違法，能為人作事。三德亦如是，其性雖相違，能為我作事。其事云何，則薩埵能照 *prakāśa*，剌闍能造 *pravṛtti*，答摩能縛 *niyama*。

夫薩埵性者，字從 *sat* 而得，義作「真」，「是者」，真者真性，皆薩埵性 *Sattva* 也。唐人譯「勇」，未詳所聞。彼「菩提薩埵」，必不翻「覺勇」也。大致一切修持向上功夫，皆從薩埵性傚起。若曰以勇能生，則第二非不能生。且薩埵性，爲美滿，圓成，能生樂等，故說爲「美悅光明輕揚」 *Sukhaprakāśalāghava*（據 *Sāṁ. Tatt. Kaumudī 13*）（按此書後出，爲奘師所未見。然義非後出，原是古義，而奘師亦非不明眞義之人也，特自佛法視之，此外道耳，故辨之不詳，審之未諦，推及窺基之流，門戶之見更深，如喻「庖犧」于「獸主」等，於儒已然，何況外道？此其說之未可盡據也。）與「勇」義殊爲懸隔。豈不欲以歸之歟！其次剌闍 *rajas* 爲「塵」，「塵」不況性。『從微至著，以細生麤，故類于塵』亦是望華言而臆說，昧數論之本義。原義是近苦生勞，轉動不休之性 *duḥkhopastambhakatva pravartakatva*。而「答摩」譯「闇」，義自無乖，原是癡重覆障之性 *mohagurutvā varaṇaiḥ*（所據同上書 13）。然必曰『未生法時，相貌未顯』，則以一覆三，自性未顯三德平衡時，似僅無前二。義蘊之失如此。

然基師亦不能無失，卽以貪，嗔，癡爲生死本計三德爲生死本也。蓋於薩埵，已加昧略。薩埵亦是超生死本，則未知也。而其言「黃，赤，黑」者，亦非無據。考奧義書中嘗云：

"*Ajām ekāṁ lohitaśuklakṛṣṇām*"（白淨書，肆，五）

此義爲「牝羊赤白黑」。商羯羅則以此與唱讚書，陸，四，所說三色相通，而釋云：『此頌所言赤，白，黑者，義是剌闍，薩埵，答摩。剌闍性色赤，製造不安；薩埵性是光明，自白；答摩性黑，自然陰黯。由皆屬自性，故曰不生。』(*Sāṁ. Bh. I. 4. 9*)——商羯羅生後於奘師，然此亦是舊說。但「黃」之與「白」，亦有分殊，在漢文「黃」字有「光」明義，聲義相通而然。豈舊翻所據，抑有他故也？

要之，以釋家而說「外道」，自難盡曉。此三德薄伽梵歌出義大致明晰；若深究其義，數論之經典註疏，至今具在也。

（七）摩耶 *Māyā*

歌中此字數見，存此音譯者，則柒，十四曰：『神聖摩耶』。拾捌，六一曰：『衆生內心兮，主者維神。由彼之摩耶兮，衆生旋轉如在機輪。』何謂摩耶？敬拜「超上自在主者」，以爲必有可見。可見可知，皆其顯相，其不可見不可知之超上一面，則其隱者也。（柒，二四）惡乎隱，隱乎「瑜伽摩耶」。（柒，二五）義譯當曰「創造之力」，亦有待闡明。

摩耶者，幻有也。歌中第十一章天帝示阿瓊那以神變之形，摩耶也。（按：史詩中類似之事，有同一紀載，天主示那羅陀以千百眼，面，等形色，則曰：『汝所見者，我所作之摩耶（卽幻相）也。』*Ma. Bhā. Śān.* 339. 44）

吾人大致可謂超上主有其不顯之位，卽非由凡人之識可得者。由不顯而至于顯，則爲彼之「摩耶」，是則旣爲幻相，又可說爲創造力量。而人之欲得解脫者，可克服此摩耶，體會超上主之純粹而不顯之一位，卽超出一切相也。

然則此全宇宙爲「超上自在主」之摩耶矣？實爾。超上自在不顯之位，無相可得，無德可稱 *nirguna*，語言道斷，心思路絕 *yato vāco nivartante aprāpya manasā saha*（泰迪書，式，九），而人以之爲有相有德者，則「無明」故。於是後期韋檀多派，又以摩耶二分，一是「幻相」，一是無明。如謂摩耶於純薩埵性高張得勢時，則有純粹幻相，「大梵」在此相中映現，則爲有相或有德之自在主 *Īśvara*，亦卽所謂「梵金胎」*Hiranyagarbha*；若此薩埵性不純淨時，則此「摩耶」化爲「無明」，在其中映現之大梵則爲「情命」*jīva*。（*Pañcadaśī*, 1. 15-17）但薄伽梵歌未作此分辨。

商羯羅獨標摩耶之說，則眼前世界，皆名色耳 *nāmarūpātmaka*，此爲虛幻，暫現還滅。世固有「眞」乃在斯摩耶之後。——此卽 *Māyāvāda* ——。摩耶之爲名色，始亦于奧義書中見之，白淨書（肆，十）謂『自性卽摩耶，當知摩耶主，卽是大自在，其分爲萬有，徧漫此世界。』若更溯其源，則甚且可求之于黎俱韋陀（*Ṛg. 6. 47. 18*）或（*Taittirīya Saṁhitā, 1. 11*）。要之名色非常而不眞，萬象旋滅而是幻，其說非商羯羅阿闍黎所獨特創立，有其所自。

謂摩耶是「幻有」，「幻相」，是已。顧印度教與佛教之說不同。自印度教視之，此「摩耶」大梵之一權能也，與大梵其他之權能同是實而不虛。以此權能，彼不生不滅永恆之「自我」，乃得繫住於有生有滅不恆之物質世間，於是而「自我」乃得經歷自性之對待，如苦樂寒暑等。「淨法論」者，乃分三解：曰「神聖摩耶」*Daivī-māyā*，此乃「超上自我」之世間一面，「彼」在宇宙間之工作所由成者也。已得解脫之巨靈，居此「權能」中，禮彼無上主宰云。其次曰「伊莎摩耶」*Īśa-māyā*（伊莎亦神主也），其事則關乎神天階位近乎大梵矣，轉生者，入世間而有爲，卽『翊衞善人，保護正法。』而薄伽梵歌第十一章阿瓊那所見者，卽天主之伊莎摩耶相也。其三爲「具功德摩耶」*Guṇamayī-māyā*。人類進化之事也。功德卽薩埵等矣。修持者超出此勢力，乃得解脫。

已而說摩耶字義者，謂「門」字母"*m*"爲大梵之總。第二字母「阿」"*ā*"爲大梵之顯了面，爲「超上心靈」，「心靈」，「情命」。「耶」音 *yā* 乃 *yat* 之陰性，卽大梵之無限多方面之權能或威力。又，知宇宙間各種事相而不識其源者（卽大梵之權力）謂之「無明」。知此大梵爲萬事萬物之因者，謂之「明」。以此大梵之權能，而拘「自我」于其物質體中，則「無明」生焉。然則 *māyā* 者實 *yā mā* 之謂，「彼非是者」，彼非是者，則幻有也。彼非幻有，知之則「明」，是幻有者，皆「無明」相。此皆後起密乘之解字義法也。

總之，以韋檀多學觀點說之，宇宙一切「名色」，皆非「自我」，（唱讚書，六，一；七，一。大林間書，一，六，三。蒙查書，一，二，九；三，二，八。六問書，六，五）屬之「無明」。宇宙之本，必超名色，必無功德，不可見知；功德見知，皆爲後起，說爲名色，還滅旋變。此種名色，卽是摩耶。而僧祛之「自性」，無非薩埵等三德合成之摩耶耳，卽具名色之摩耶也，於是說宇宙爲「自在主」之一齣摩耶遊戲 *līlā*，亦固其宜。及至體悟大梵，證悟至眞，乃克服摩耶矣。

餘詳內篇第十二論。

(八) 唵 Ōm

此象徵字也。名 *Praṇava* 。(拾，二五；拾柒，二三，二四)

所象徵者，宇宙間萬事萬物究極之原始也。其音爲三。卽 *A-U-M* 三字母所合成者也。*A* 表萬物中之唯一「自我」，內在且永恆，吾人之自我則其反映現似也。*U* 表根本原素，爲一切顯示之物質基本。*M* 表此「自我」——卽主體——與其物質工具——卽客體對象間之關係。此種關係，乃表于一否定公式：*Aham etat na* 卽「我非此」。凡有擧似卽「不是」，終之則其「是」者可以悟矣。泰迪書(一，八，一)云：「唵」者，大梵也。餘詳唵聲奧義書。

Ōm tat sat 者。*tat* 者，「此」，亦大梵也。*sat* 者，「眞」，亦大梵也。「眞」表絕對眞實性，至善，吉祥。「此」，萬事萬物皆是也。「此」卽是「彼」，非對待而說也，乃絕對者。「眞」則可謂無上徧是之存在原則。若說「眞」爲此可見可知之世界，則「彼」乃超出此可見可知之世界矣。要之此 *Brahma-saṁkalpa* 三言，在任何祭祀儀文之始皆誦之，爲臻至大梵之道云。

說者謂 *A-U-M* 三字母之外，其中尙暗含一 *I* 字，說 *A* 爲「大梵」之「自我」一面（或說自我位），則*U*為其「非自我」一面，即自性也。*M*為二者間之關係，固矣，與其中潛在之*I*皆表其權能或力量之一面。在玄學，此「唵」為一切綜合玄學之基礎，謂自法修士如法誦之，其效力殊不可思議云。

大乘佛法衍變而為密乘，則自印度教採入此字；而其六字真言：「唵吽呢叭咪哞」*Ōm mani padme hum*——義為「唵！蓮花上之寶珠！」則有種種神祕闡釋。然此「唵」字來源遠自上古，說者謂先于亞利安族之入印，與「阿門」同。（在印度教中，諸奧義書之說法皆大同小異，參六問書，五。羯陀書，二，十五至十七。泰迪書，一，八。唱讚書，一，一。彌勒書，六，三，四。「唵」書，全，一至十二。——據末者則*A*為粗者外表者之精神，曰*Virat*；*U*為精者內中者之精神，曰*Taijasa*；*M*為祕密超心知之徧能*prajña*。OM為「太極」*Turiya*，與前說略有不同而已。）

餘詳內篇第三部第十八論末。

（九）

蒲厲赫三曼（拾，三五，

Brihat Sāma，韋陀詩頌也。原以頌因陀羅者，如云：『因陀羅兮，我輩頌

讚唯君……』（*Rig. Veda.* 6. 46. 1），讚之爲一切事物之主者也。

（十）伽耶特黎 *Gāyatrī* 卽「三八音詩」（拾，三五）

每行二十四音節之韋陀頌律也。其詞如：

“tat-sa-vi-tur-va-re-ni-yam
bhar-go-de-va-sya-dhī-ma-hi
dhi-yo-yo-nah-pra-cho-da-yat”

此頌數千年來凡婆羅門皆誦于晨起時，或於採藥（*Soma* 植物）時唱之。另說其精神之力，僅次于「唵」之一音。爲一切知識之母 *veda-mātā* 云。愚嘗以廿四字譯之。（見大林閒書，陸，三，六）

釋名——人名

梵語人名，原未必一一有義。後世加以解釋，說不必盡同。茲略就其可釋者釋之，如頌次，不重出。略附以史詩中事。

逖多羅史德羅 *Dhṛtarāṣṭra* ——國王名。字爲 *dhṛta*，字根爲 *dhṛ*，「持」也。*rāṣṭra*，「國土」也。義合爲「持國」，即「治國」也。國王之子百人，皆稱闥多羅史德羅 *Dhārtarāṣṭrā* 。國王目瞽，大戰之始，仙人維耶索謂之曰：君欲觀戰者，當使君目復明。則曰：寧瞽也，不忍見同堂兄弟自相殘殺。於是仙人使一少年桑遮耶 *Sañjaya* 觀戰，以戰場所見聞者，一一聞於其君。

句盧 *Kuru* ——人名。此一家族之遠祖。其地乃今德里所在處。句盧嘗耕於此，因陀羅 *Indra* 神爲祝福云：有戰死於是者，有作法事而死於是者，皆得生天。於是句盧輟耕。音亦譜俱盧。

班荼縛 *Pāṇḍavā* ——班卓 *Pāṇḍu*五子之通名。*pāṇḍu*字義是「淡黃色」。後亦以班荼縛專稱阿瓊那。然末音「縛」短。

桑遮耶 *Sañjaya* ——字根爲 *ji*，勝利也。義爲「勝者」。

二．朵踰檀那 *Duryodhana* ——字析爲 *dur* 與 *yodhana*，義爲「極難」與「克服」。卽名「難勝」。爲「持國」王長子，在班荼縛兄弟流放時爲王。

阿闍黎——卽親教師，名陀拏 *Drona*，兩方之老軍事教官也。諸子之戰術，射藝，皆彼所教。字義爲「大湖」或「雨雲」。爲婆羅門。

三．都魯波陀 *Drupada* ——國王名。卽半遮羅人 *Panchala* 之王。字義爲「樹足」或「樹根」。爲女子陀勞波提 *Draupadī* 之父，班荼縛兄弟之岳父。

都魯波陀子，名特里施荼都孟那 *Dhṛstadymna* ——字義爲「高上光榮」或「高上權力」，爲班荼縛軍之統領。

四·

毗摩 *Bhima* ——將名。字義爲「可畏者」。其母禱風神渦柔 *Vayu* 而生云。

阿瓊那 *Ārjuna* ——將名。字義爲「白色」。又是樹名。其母禱雷電神因陀羅 *Indra* 而生之云。

班卓之大婦名孔底 *Kunti*，雅達婆族之女也，生三子。長子名于地瑟耻羅，禱法神達摩*Dharma*而生者。次子爲毗摩，三子爲阿瓊那。皆善戰。

阿瓊那在史詩中別名甚多，見於歌中者凡十七：

一、高底夜耶 *Kaunteya* ——即孔底之子。

二、班荼縛 *Paṇḍava* ——見前。

三、帕爾特 *Pārtha* ——孔底又名 *Pṛthā*，故稱「辟特阿之冑」，即孔底子。

四、婆羅多 *Bhārata* ——見後。

五、檀南遮耶 *Dhanañjaya* ——義爲「勝財」。

六、句盧難陀那 *Kurunandana* ——義爲「句盧族之胤」。

七、句盧室列史多 *Kuruśreṣṭha* ——義爲「句盧人之英傑」。

八、句盧索怛摩 *Kurusattama* ——義爲「句盧人中之至眞者」或「至善者」。卽「句盧之賢」。

九、婆羅多沙婆 *Bharatarṣabha* ——義爲「婆羅多之英」。「沙婆」原義爲「巨牛」，譯亦爲「良士」，「人傑」，「猛士」。

十、婆羅多室列史多 *Bharataśreṣṭha*——義爲「婆羅多之最良者」故譯「良士」。

十一、婆羅多索怛摩 *Bharatasattama* ——「婆羅多之至眞者」，或「至善者」。

十二、波南多波 *Parantapa* ——義爲「克敵」，直譯爲「敵之焦灼者」。

十三、古咤計舍 *Guḍākeśa* ——字若析爲 *guḍākā* 與 *iśa*，義卽「能主制其睡眠之人」；字若析爲 *guḍā* 或 *guḍha* 加 *keśa*，則義爲「頭髮纏結之人」。靑項註主後說，以「身毛喜豎人」爲

喻 *Romaharṣaṇa* 。

十四、左臂子弓 *Savyasācin* ——義譯。字析爲 *savya*「左手」與 *sācitum*「彎弓」。

十五、安那伽 *Anagha* ——義爲「無罪者」。

十六、補魯灑維耶竇羅 *Puruṣavyāghra* ——義爲「人中之虎」，「虎」表「英雄」。卽粤語所謂「猛人」。此名唯見於第十八章第四頌，譯時删去。

十七、摩訶婆和 *Mahābāho*——義爲「大力手臂者」，譯「巨臂」。亦以稱克釋拏。

庾庾坦那 *Yuyudhana* ——將名。雅達婆人之主帥也。字義爲「屢戰不已者」。卽薩底阿契 *Sātyaki* 。爲班荼縛人戰。

維羅咤 *Virāṭa* ——將名。字爲 *vi* 與 *rāṭa* 之合，義爲「多光榮」。爲瑪茛雅 *Matsya* 族人之王。班荼縛兄弟放逐時，曾加以保護。

五·特黎史多計都 *Dhrstaketu* ——將名。字爲 *dhrsta* 與 *ketu* 之合，義爲「高幟」。常建之軍旗也。爲傑提 Chedi 族人之王。

掣豈丹那 *Chekitana* ——將名。字根爲 *kit* ，義爲「多知者」。雅達婆 *Yadava* 族人。

迦尸之王 *Kāśirāja* ——迦尸，地名。在今中印度境。卽貝納尼斯 *Benares* 於今二名幷用。

弗盧菱孔底毫遮 *Purujit Kuntibhoja* ——將名。弗盧 *Puru* ，族名。弗盧菱 *Purujit*，字義爲「戰勝弗盧族之人」，姓孔底毫遮 *Kuntibhoja* ，字義爲「保護孔底者」。

尸毘人之君——尸毘 *Śibi* 族人之君，名奢以毗亞 *Śaibya*。此行義微變，直譯當作「與奢以毗亞人中之君」。

六·禹坦曼尼羽 *Yudhāmanyu* ——將名。字乃 *yudhā* 與 *manyu* 之合，義爲「戰怒」。卽以戰鬬而忿怒者。

53

慍怛沒赭 *Uttamaujās* ——將名。字乃 *uttama* 與 *ojās* 之合，義爲「有至上之力者」，簡稱則「大力」。

以上二人，來自半遮羅 *Pāñcāla* 國，皆阿瓊那戰車之衛士。

繅婆陀 *Saubhadra* ——將名。阿瓊那次婦，克釋拏之妹也，名蘇婆陀 *Subhadrā*，義爲「善賢」，生子從母名，則爲繅婆陀。又名阿毗曼泥羽 *Abhimanyu*，義爲「殊怒」。

陀勞波提耶 *Draupadeyā* ——五將之通稱。班荼縛五兄弟同娶一婦陀勞波提，各爲生一子，從母名，通稱陀勞波提耶。

八．

毗史摩 *Bhīṣma* ——句盧族中最老之英雄，字義爲「可怖者」。——即第十二頌所稱『彼威猛之大父，句盧之叟。』爲兩軍兄弟之叔祖，平生未嘗近女色，至老猶爲善戰之第一人。彼亦知朵踰檀那王不義，致力於調和此同室之爭。然覩句盧族世仇其他部落皆入班荼縛軍，遂決然爲朵踰檀那王戰，約僅參戰十日，十日之後即退休，然終戰死。

羯拏 *Karṇa* ——將名。字義爲「耳生」。乃孔底前夫之子，爲三班荼縛兄弟之同母兄。在敵方繼毗史摩爲主帥。

羯勒波 *Kṛpa* ——將名。其妹爲陀拏之妻。兩方兄弟之最幼教官也。爲戰後彼方所存三人之一。

阿濕縛他摩 *Aśvatthāma* ——將名。字爲 *Aśva* 與 *sthāman* 之合，義爲「馬力」。陀拏之子。羯勒波之甥。戰後夜襲班荼縛軍而盡滅之者，亦所存三人之一，往林間而終。

維羯拏 *Vikarṇa* ——將名。字義爲「無耳」。朵踰檀那百兄弟之一。百人中唯一守正者。

鑠末陀底 *Saumadatti* ——將名。卽素末陀底 *Somadatti* 之子。「素末」*Soma*，古酒名，今失傳，「陀底」*datti*，義爲「施與者」。又名「多聞」*Bhuriśravā*。乃薄醯迦 *Bahika* 族人之王。

克釋拏 *Kṛṣṇa* ——史有其人。爲雅達婆族之長。頌中此行作「摩闥婆與班荼縛」。——摩闥婆 Mādhava，見下神名。

十五．「狼腹」Vṛkodara —— Vṛka 字義爲「狼」，又爲「蟒蛇」，udara 字義爲「腹」。吞噬生人之謂，即毗摩。

十六．于地瑟耻羅 Yudhiṣṭhira ——將名。阿瓊那之長兄。字義爲「堅住於戰鬥者」。孔底之子。最修正法，有「正法國王」之稱。

那拘羅 Nakula ——將名。字義爲「食蛇之鼬鼠」，與薩賀提婆 Sahadeva ——將名。字義爲「與天神俱偕」。——同爲班阜次婦摩陀利 Madri 所生之孿生子。爲禱阿施文而生者。故班荼縛爲同父異母兄弟五人。

十七．施康地 Śikhaṇḍi ——將名。都魯波陀之長子。字義爲「孔雀冠」。史詩謂其爲無髭之不男者，後轉男身。毗史摩勇武，平生不與非男子較力，故不與施康地相鬥。故陣中阿瓊那匿其身後向毗史摩發矢，因以譎勝。

二十．猿幟——幟上繪一猿，即阿瓊那之旗。亦稱。

二四· 婆羅多 *Bhārata* ——地名。字根為 *bhṛ*，義為「持載」，「養育」。在史詩中為人名，都史揚多 *Dushyanta* 與莎恭達羅之子。衍為此民族名，此頌中以稱遜多羅史德羅王。他頌中以稱阿瓊那。

叁·二十· 禪那迦 *Janaka* ——人名。字義為「父」，「能生者」。傳說為上古之賢王，又為法王，得大解脫。名亦見奧義書，在釋迦佛以前。

肆·一· 維伐思瓦 *Vivasvat* ——古聖人名。字義為「太陽」。

摩奴 *Manu* ——人名。維伐思瓦之子。又古十四人皇之通名。字義為「人」，「人類」。第一世為 *Svayambhuva Manu*，傳說即「摩奴法典」之作者。至第七世 *Śraddhadeva*，乃此世界人類初祖云。

伊刹俄古 *Ikṣvāku* ——人名。即摩奴之子。為中天竺日光姓之第一王。唐人解字義，輒以此與 *Ikṣu* 相混，曰「甘蔗」王。誤。

拾·十三· 維耶索 *Vyāsa* ——人名，古作者。義為「分析者」，「解詞者」或「編訂者」。詳另篇考證「撰者」。

二六．蘇多子 *Sūtaputra* ——將名。「蘇多」*sūta*，音譯，義爲「善駕戰車者」或「御者」。「子」*putra*，義譯。蘇多子即羯拏。（見前）。孔底生後棄之於水，爲一御士所育。

羯庇羅 *Kapila* ——人名。字義是「黃赤色」。即數論哲學之創造者。

三一．羅摩 *Rāma* ——人名。羅摩衍那長故事詩中之英雄主角。唐人稱此詩爲羅摩傳。

三四．遮耶達囉他 *Jayadratha* ——將名。義爲「勝車」，即善御之武士。爲朵踰檀那王之妹婿。信度國 *Sindhu* 之王。戰中爲阿瓊那所殺。

三七．烏商那 *Uśanas* ——星名。又詩人名。即 *Śukra* 或 *Śukrācārya*。傳說謂爲宗教儀律及社會法律之作者。神話謂爲阿脩羅及羣鬼之導師。蓋古韋陀詩人也。古印度詩人必爲見道之士。故亦稱「見者」。

壹・十四・

釋名——神名

克釋拏 *Kṛṣṇa* ——即「薄伽梵」。（見音譯）。字義爲「黑」。有析爲 *Kṛṣi* 與 *na* 者，義爲「地」，「大地」，與「成就」或「圓成」。意謂大地之上，凡有希求成就者，彼皆護持而使得圓成。即可說爲「地成」

此歌中別名凡十八：

一、赫里史計舍 *Hṛṣīkeśa* ——字析可爲

甲、*hṛṣīka*「諸識根」與 *īśa*「主宰」。義爲「能主宰其諸識根者」。又說

乙、*hṛṣi* 與 *keśa* 二字合成。*hṛṣ* 義爲「喜樂」，「給予喜樂」；*keśa* 則義一爲「頭髮」，另義爲「光明」。故一解爲「以喜樂而毛髮爲動者」。一解爲「以其光明充滿世間以喜樂者」。

二、阿逸多 *Acyuta* ——字義爲「不敗者」。

三、阿利蘇陀那 *Arisūdana* ——字義爲「殺敵者」。

四、凱也舍筏 *Keśava*——字或析爲 *ke* 與 *śava*（*śete*）則義爲「臥於水中者」。或謂爲 *keśa* 與 *va*，卽爲「（美）髮者」。

五、歌賓陀 *Govinda* ——字析爲 *go*「牛」，*vinda*「主之者」，義爲「牛羣之主人而護持之者」。

六、摩圖婆 *Madhava* ——字析爲 *mā*（*yā*）與 *dhava*，義爲「財富女神之夫」。

七、瞻納陀那 *Janārdana* ——字義是「爲人或（人類）所求禱者」*janārdayati janārdanaḥ*。另說爲「（爲）人類除（惡）者」。

八、摩脫蘇陀那 *Madhusūdana* ——二字之合，*sūdana* 義爲「殺戮者」，卽「殺摩脫（妖怪名）者」。

九、瓦瑟業友 *Vārṣneya* ——義爲勒瑟膩 *Vṛṣṇi* 族之後。字義爲「雲」，「光」，「羊」，未詳所取。此名在歌中凡兩見，譯時皆芟。

十、計與泥灼陀那 *Keśiniṣūdana* ——計與 *Keśin*，阿脩羅名。義爲

「殺戮計與者」。此名僅在第十八章第一頌一見，譯時芟。

十一、雅達婆 *Yādava* ——義爲雅朵 *Yadu* 氏之後。卽勒瑟膩族。以族名其人，其首長也。

十二、蓮花眼目 *Kamalapatrākṣa* ——義譯。謂眼之美麗如蓮花瓣。

十三、瑜伽自在主 *Yogeśvara* ——義譯。「自在」卽「主」。主宰也。

十四、維瑟努 *Viṣṇu* ——唐譯毗搜紐或毘奴。義爲「偏漫宇宙者」*vevesti viśvam* 。唐譯「偏入天」，天，神也。字出 *viś* 。

十五、宇宙主 *Viśveśvara* ——義譯。卽宇宙自在。

十六、赫黎 *Hari* ——義爲「太陽」。

十七、婆蘇天 *Vāsudeva*——義爲「偏居天」 *vasati sarvasmin iti vāsuḥ* 卽內居於衆生萬物中者。婆蘇 *vāsu* 音轉 *Basu* 或 *Bose* ，今世習見之名。天，音譯則爲「提婆」，字出 *div* ，有「光明」義，以光明與人者，謂之天。通俗則父、母、師、長、賓客皆可稱曰天，表尊敬。

十八、補魯灼怛摩 *Puruṣottama*——義爲「無上神我」。或「無上補魯灑」。或「至上人」，「人之上極」。

參・十五・「大梵」，「梵天」*Brahman*——華文古無「梵」字。字原作「芃」。詩經：『芃芃黍苗。』至晉葛洪字苑始錄「梵」字，乃別有「潔」也，「淨行也」諸義。古無輕唇音，以「梵」字音譌 *Brahm*（省 *a*），正合。「大」字，「天」字，皆譯家增。原字從 *bṛṃh* 而得。*bṛṃhāti brahmā* 義爲「長育」，「生長」，「增長」。衍爲此神名，則爲宇宙間無上存在者，徧漫萬有之靈。亦別稱「自生者」，「大父」，「世界主」，「超上主」，「金胎」等名。卽創造萬物之主云。

拾・六・「七仙人」，「四摩奴」——仙人 *ṛṣi*，從唐譯。成道而住世者，「七仙人」存三說：

1. *Bhṛgu, Nabha, Vivaśvan, Sudhāmā, Virajā, Atināmā, Sahiṣṇu.*（見 *Harivaṃsa 1, 7; Viṣṇu 3, 1; Matsya 9*）

2. *Marīci, Aṅgirasa, Atri, Pulastya, Pulaha, Kratu, Vasiṣṭha.*

（見 *Ma. Bhā. Śān.* 335. 31; 340. 69）

3. *Kaśyapa, Atri, Baradvāja, Viśvāmitra, Gautama, Jamadagni, Vasiṣṭha.*

（見 *Viṣṇu Pur.* 3, 1, 32, 33; *Matsya.* 9. 27, 28;

Ma. Bhā. Anu. 93, 21. 南本 81, 4）

以第二說較著稱。

然此行另可譯爲：

「七大仙人兮，

古之四，與諸摩奴！」

「古之四」童身仙 *Kumāra*，生自「梵天」之「心」者，有二說：

1. *Sanaka, Sānanda, Sanatana, Sānatkumāra.*（見 *Bhag.* 3. 12. 4）

2. *Vāsudeva, Saṁkarṣana, Pradyumna, Aniruddha.*

（見 *Ma. Bhā. Śān.* 339. 34-40; 340. 27-31）

第一說謂四人出生後卽修道終者。第二說較常見。謂四人者，表「超上自在主」之四位，卽靈、命、心、性（個性），四方面。

摩奴傳說有十四人，分爲二組：

1. *Svāyaṁbhuva, Svārocisa, Auttamī, Tāmasa, Rivata, Cākṣuṣa, Vaivasvata.* （見 *Manu, 1. 62. 63*）

2. *Sāvarṇi, Dakṣa - Sāvarṇi, Dharma - Sāvarṇi, Rudra - Sāvarṇi, Deva - Sāvarṇi, Īndra - Sāvarṇi.* （見 *Viṣṇu, 32; Bhag. 8, 13; Harivamsa 1, 7*）

每一摩奴爲人類一紀元之初祖。餘詳釋時。

十三. 那羅多 *Nārada* ——仙人名。字義爲「以辯勝人者」。傳說爲梵天十子之一，從其足生。在人間爲琵琶之發明者，又爲法律制作者。

阿悉多 *Asita* ——仙人名。字義爲「黑」。

提婆羅 *Devala* ——仙人名。字義爲「迎神者」或「事神者」。

二一. 阿提諸神 *Āditya* ——字從 *diti* 而成。「太陽」神也。爲數十二，表十二月。劫末時，十二太陽并現於空云。

維瑟努 *Viṣṇu* ——見前。此謂十二神之主。宇宙之神，三位而一體，卽大梵，維瑟努，濕婆，依次表生，住，滅三態。

摩利支 *Marīci* ——風神 *Maruta* 有七、*Āvaha* 卽摩利支其首也。（餘爲 *Pravaha, Vivaha, Parāvaha, Udvaha, Saṃvaha, Parivaha* 。）在地界與天界之間。其在上者，吹動星辰云。而七神之下各有七神，故風神總數四十九。

二二． 帝釋 *Vāsava* ——雷電之神，卽因陀羅 *Indra* 。古韋陀時代之神也。此從佛乘舊譯。佛乘中稱之爲「釋提桓因」，簡稱「帝因」，或稱「帝釋」，蓋從「釋提婆因陀羅」之音省略而成。韋陀之神，表強力，戰門，武怒，與佛教中所述，亦無二致。（參看法苑珠林引長阿含經）

二三． 樓達羅 *Rudra* —— 十一神之總名，司毀滅，皆濕婆之化身。商羯羅 *Saṅkara* 卽濕婆也。

維帖害 *Vitteśa* ——即 *Kubera* 財富神也。夜叉羅刹皆事奉財神云。

婆蘇 *Vasu* ——八神之總名。水神 *Āpa*，空神 *Dhruva*，月神 *Soma*，地神 *Dhara*，風神 *Anila*，火神 *Anala*，晨曦之神 *Pratyūṣa*，日光之神 *Prabhāṣa* ——此八神者，名八婆蘇。——帕婆羯 *pāvaka* 即 *anala* 火神也，位最尊。

二四．蒲厲賀斯砵底 *Bṛhaspati* ——天神中之最高祭司。

塞建陀 *Skanda* ——戰神也。幼爲六星所撫育，——六星即 *Kṛttika*，即 *Pleidas*，——故又名 *Kārtikeya*。與羅馬之 *Mars* 同。

二五．步厲古 *Bhṛgu* ——第一摩奴所生十長老之首也。與火同生云——*bhṛg* 原是諧聲語，像燃火之爆發聲。

二六．乾闥婆 *Gandharva* ——半神道也。爲天仙之樂師，歌者。以吉怛羅囉他 *Citraratha* 爲其領袖。

二七．藹羅筏躭象 *Airavata* ——象王之名。即因陀羅之象。又，東方之象也。神話東、西、南、北、中，五方各有一神象。象各有其名稱。亦猶吾華漢代說五方各有一神鳥。

二八．果願牛 *Kamadhenu* ——神話謂 *Vasistha* 仙人所畜。名 *Surabhi* ，凡於世間有求者，求之輒能滿願云。

矜陀般 *Kandarpa* ——情欲之神也。

哇蘇啟 *Vāsuki* ——毒蛇之王名。

二九．阿難多 *Ananta* ——千首龍王名。維瑟努寢臥其下。又名 *Seśa*。室利陀羅註：謂龍則無毒而蛇有毒。龍王火色，蛇王黃色云。

婆婁拏 *Varuna* ——水神也。西海之王名。

阿利瑪 *Aryaman* ——人類鼻祖名。

琰摩 *Yama* ——死者之神也。俗稱閻羅。古韋陀之神。

三十・鬼主——名 *Prahlāda*。生前爲婆羅門，投生爲鬼主 *Hiraṇya-Kaśipu* 之子。生前之信心未改，仍敬 *Viṣṇu*，其父惡之，多方加以楚毒，終不死。後 *Viṣṇu* 化形爲半獅人，從柱中出，撲殺其父，遂繼其父爲鬼主。

拾壹・六・阿室賓 *Aśvin* ——太陽神之孿生子名，爲天神之醫者。

摩婁怛——即風神。

二二・薩睇耶 *Sādhyā* ——一類天神之總稱。

維濕縛（提婆） *Viśvadeva* ——宇宙羣神。

烏瑟摩波 *Uṣmapā* ——祖靈也。字義爲「熱飲（食）者」。周年祭祀，唯上熱食，祖宗乃歆享其馨香云。

悉檀衆 *Siddhasaṅgha* ——即成就仙衆。以人而修仙得成者，謂 *Siddha*。

釋時

（一）

曆數與天文相接，其末也，歸于混茫。下焉者，推其說于人事之吉凶禍福，然在古代，此正其發展持續之由。神話往往爲科學之先驅矣。古印度計時，異乎諸夏，年分六季，晝夜六時。語其細，則「壯士彈指頃，六十四刹那」，語其大，則天神歲月，悠悠難量矣。

歌中『歷千世爲梵天一日兮，歷千世而爲一夜。』（捌，十七）「世」者，在華夏爲三十年，或終一人之身爲一世，茲以譯 *yuga*，義異。印度神話：世有其四。最古爲「純眞世」*Satya-yuga* 或 *Kṛta-yuga*，人間眞理瀰漫，善德圓滿，歷四千年。其次爲「三一世」*Treta-yuga*，善法眞理，對不善法非眞理，爲三比一，歷三千年。其次爲「二一世」*Dvāpara-yuga*，即眞僞善惡，各居其半，歷二千年。第四爲「鬥爭世」*Kali-yuga*，爲時一千年。而世與世之間，尚有一過渡時代。「純眞世」前後各四百年，「三一世」前後各三百年，「二一世」前後各二百年，「鬥爭世」前後各一百年。合計之爲萬二千年，周而復始。

然人類文明已逾五千年，有史以來，可謂鬥爭已啓其端，則其復始之「純眞世」至今亦過，而今代爲「三一世」矣。斯則明與世間相違，雖神話而其說難通也。

於是古事記中爲之說曰：此萬二千年者，非人間之年，天上之年也。彌盧之山，天神居焉，地球之北極也。太陽似行北道之半年爲其一日，似行南道之半年，爲其一夜。然則天神一晝夜，等于人間一年。天神以三百六十日爲一年，則其一世爲四百三十二萬人間之年。千世爲梵天一日，則人間四億三萬二千萬年，其一夜，數同。

而其說尚不止此也。天上一萬二千年，歷四世一周，則爲人間之一「大世」*Mahāyuga*。歷七十一周爲一紀 *Manvantara*。紀凡十四，終而復始。每紀有一紀元之初祖，名曰「摩奴」。而初紀前後及餘十三紀之後，各有一過渡期，同于一「純眞世」。然則合十四紀與十五過渡期，乃天上之千年，則爲梵天之一日，同數乃爲其一夜云。

梵天之一晝夜爲一「劫」。「劫」者，「劫波」之省文，*Kalpa* 之音譯。劫末萬有銷亡，次劫之初更始。『劫盡萬有歸「我」自性兮，劫初「我」又刱生

之○』（玖，七）謂此○

（二）『計度中「我」是時間』（拾，三十）○『「我」唯是無盡之時歷』（拾，三三）○前後似相重複○註家謂前者如壽量，計人壽百歲等，人死亦盡，爲有限之時間○後者謂無限而永恒之時間○梵文固是 *Kāla* 一字，而譯文爲「時間」與「時歷」，已有分矣○

（三）印度六季，唐人譯爲「春，暮春，夏，秋，冬，冬盡」○僧徒「安居坐夏」者，卽安居以渡雨季也○春日芳菲，故歌云：『季令，我爲春之芳菲○』（拾，三五）論月，則以孟冬之月最佳○（見同頌）約當西曆十一、十二月間，月圓在 *Mṛga* 宿中，故名 *Mārgaśīrṣa* ○古時計歲以此月爲首，亦名 *Āgrahāyana* ○故從義譯，爲「歲之正月」○

釋器

壹・十四・大輅——廣車也。古印度之制，四馬兩輪，御者與戰士坐于車前。中載弓矢。車後爲一空處，外表裝備極堅。戰士受傷，休息於此。此處譯曰「車座」。阿瓊那棄擲弓矢時，乃在車上此處也。後陀拏升天時，亦坐於此處。

十五・「巨人骨」*Pāñcajanya*——角名。克釋拏嘗鬥殺一巨人，名*Pāñcajana*，取其骨爲吹角。

「天施」*Devadatta*——阿瓊那之角名。義爲「天所施與者」。（此字佛典中音譯調達，人名。）

「鞄茶羅」*Paundra*——角名。字義未詳。

十六・「勝無涯」，「妙聲」，「珍珠花」，皆螺名。

三十· 「大弓」——阿瓊那之弓，名 *Gāṇḍīva*。竹節謂之 *Gāṇḍī*。

陸·十一· 坐具——吉祥草 *Kuśa*，印度隨處有之，乾之以藉地。數千年來，修行者唯用此草，故視爲聖潔。虎皮 *ajinam*，不去毛。有譯爲獅皮者，有說爲黑色鹿皮者。草上鋪皮，皮上蒙布，以爲跏趺處。

拾·二八· 金剛杵 *Vajra*，五股，乃四圓刃而中一長鋒。此處義爲「雷電」。

拾壹·十一· 鬘，花串掛頸項者，下垂胸前。

十七· 輪表世界，杖表執法，皆權威象徵。

拾捌·六一· 機輪。如陶家輪。

釋木

菩提樹（拾伍，一，二，三）。

樹名「阿濕婆他」*Aśvattha*，又名「華波羅」樹 *pippala*。拉丁名 *ficus religiosa*。即佛教中所謂「菩提樹」，吾華所熟知者也。析字義為 *Aśva*「馬」，*ttha*「留繫處」。神話謂琰摩界（即「死」界）祖靈乘 *pitryāna* 之夜中，日神稅駕此樹下，故名。韋檀多派析字義，為 *a*「不」，*śva*「明日」，*ttha*「留存」，謂宇宙虛幻，變滅無常，「無留存至明日者」也。亦成一說。

參天大樹，由一種子生，以喻可見之宇宙，由一不可見之超上大自在主生。說神主在天。故倒生。史詩中亦說為「梵樹」或「宇宙樹」。枝幹喻梵金胎及凡有生者等。『高下漫布兮』，——「高」謂在超物理界，「下」謂在物質界。芽苗喻五根境，即色、聲、香、味等。蔓根喻有欲望之人生行業，原自上出，故『亦又低垂』。

史詩中說宇宙樹即「梵樹」凡兩見，其立說與數論同。有頌云：

『不顯者種生，　大爲樹之幹，
我慢爲樹柯，　諸根苗芽眼，
（五）大爲巨枝，　（五）唯爲條枚，
永常生花葉，　善果非善果。
此乃古梵樹，　持養衆生者，
揮眞實慧劍，　智者斫復析，
破此執着網，　起生老死者，
無我所無我，　解脫斯無疑。』　（*Ma. Bhā. Aśva.* 47. 12-15）

此四頌直譯。所謂「不顯者」，卽「自性」或「物性」也。具有薩埵等三德，亦卽是摩耶。「大」者智也（又名 *āsuri, mati, jñāna, khyāti* 等）。由之而生我慢（又名 *abhimāna* 等），我慢以下，生薩埵性者，五知根，五業根，與心（或名意 *manas*）爲十一諦。其答摩性者，五唯及五大凡十諦，今在無生物界攝。以「無着」之利劍斫之析之，則薄伽梵歌所同也。

黎俱韋陀（*Rg. Veda* 1. 24. 7）說婆魯拏 *Varuṇa* 界有樹與此同。其下則死神與幽靈飲宴之所也○（*Rg. Veda 10. 135. 1*）其上則有双鳥與一甘芬之華波羅○（*Rg. Veda 5, 54, 12*）史詩中又謂壞劫之時，有仙人（名 *Mārkaṇḍeya*）見超上大自在主，作兒童相，坐一永生樹之枝上云○（*Ma. Bhā. Vana. 188, 94*）其根從上垂，或者取相于榕樹 *vaṭa*，則非華波羅矣○而白淨書，叁，九；陸，六，有說此樹者，未詳說爲何樹○另說彖查書，三，上，一，則上棲二鳥，一爲「情命自我」，一爲「超上自我」，一則啄華波羅果云○然另說爲 *audumbara* 樹者，亦見古事記中○史詩（*Ma. Bhā. Anu. 149, 103*）嘗並出三名：“*nyagrodho 'dumbaro 'śvatthaḥ*”，歌中所云者，固華波羅矣○

黎俱韋陀之說，與僧祛故有不同，薄伽梵歌此說，則和合二說者也○第一頌以「韋陀之頌讚」*chandāṁsi* 爲葉，字根原出於 *chad*，「覆蔭」也○（唱讚書，一，四，二）知此則「韋陀明者」也○第二頌以下乃依數論而說者○

徵引（一）

歌中文義前後相生，有當同讀者，始可見製作之弘大與結構之精嚴。其與摩訶婆羅多史詩文字大同小異者，凡全頌二十六，半頌十二，其他散語，屢見不一見。史詩迄無華文譯本，而治史詩原文者，南、北諸本雖異，於此等處亦易檢尋，故不備錄。然歌自史詩分出單行之後，本身被視爲一奧義書，靜慮頌中云：『一切奧義書，皆如同母牛（中略），歌是所取乳，是上上甘露。』（*Gītādhyānam* 4）是且視爲奧義書之菁華，故其資取古奧義書之處，或全頌或半頌文字相同者，茲幷條出之。又有菩提留支論外道涅槃涉及此歌者，亦併錄存，以備學者參考。

章壹・頌十・

克釋拏教阿瓊那以無上道自此頌始；卽證「超上大梵」。——縱已證「超上大梵」者，仍有二途：一知識，一行業。（叁，三）——行業一道高於舍棄行業之知識道。（伍，二）——自弍，三十九頌起，始闡明行業。

十六．參唱參書，陸，二，二。

十九．（後半頌）『二者皆不知兮……』與羯陀書，弍，二，十九，仝文。

二十．（後半頌）與羯陀書，弍，二，十八，仝文。

二九．『有人視彼如奇異兮……』與羯陀書，弍，七：『有人說彼爲奇異兮……』仝文。

三一．以下凡兩頌（叁，三五；拾捌，四七），皆說及「自法」。此外表之義爲一己之職責，餘詳前「音譜」達摩條。

四二、四三，二頌連讀爲一長句。

四五．三德詳見下拾肆，五至二十。

六一．『合太和坐觀我爲最勝』，原文三言：*yukta āsīta matparaḥ* 說者謂此爲全部薄伽梵歌祕旨。

六九．知識乃光明，無明爲暗夜。參下拾肆，十一。

七二．彌留時心思應當清淨，見下捌，五至十，——此說亦見唱讚書，叁，十四，一；六問書，叁，十。

叁．四．無爲，參下伍，八，九。

九・執着，冀乎得果，參下拾捌，六，十一。

十三・黎俱韋陀（*Rig. V. X 117, 6*）有云：「凡不饗賢哲友人而獨食者，斯爲罪人。」摩奴法典（*Manu 3, 118*）有云：「獨爲己私而炊烹者，唯食罪惡；祭祀之餘乃賢者所食。」犧牲之餘爲甘露，見下肆，三十一。

十五・「大梵」，自商羯羅以下註疏，皆釋作「韋陀」，以此釋頌初二句固合，以釋後二句則不合。獨羅曼耨遮（見另篇「考證」註疏諸家條）釋作「自性」，則皆合。與下拾肆，三，義合；與史詩（*Śān. 267, 34*）義皆通順。

十七・與下二頌一貫讀。

三五・此頌乃印度獨立運動中之眞言，合下拾捌，四十七。

三九・摩奴法典（*Manu 2, 94*）中有云：「情欲不以享受而平，如火以加膏油而盛。」

四二・「謂根爲上兮……」與羯陀書，壹，三，十，全文。

肆・十一・『敷座具于清淨處兮……』與白淨書，弍，十，大致相同。

十三・此後二句義參下伍，十四。

三三・知識之犧牲奉獻，見下玖，十五；拾捌，七十。

三五・「更在我」三字極關重要，詳內篇阿羅頻多疏。參下陸，二九；*Bhāg.* *11, 2, 45.*

伍・八、九・二頌爲一長句。

十三・『端直其身軀，頭，項兮……』與白淨書，弍，八，大致相同。

十九・「自建於梵天」，義出唱讚書，弍，二十三，一，所謂『卓立於大梵中者，乃得永生焉。』

二二・與上弍，十四，同義。此謂『有始卒』，彼謂『有來去』。

陸・七・至上或超上自我，參下拾叁，二十二，三十一。

十三・此靜坐法由來甚古，參白淨書，弍，八至十。

十八・此章下二十九，三十，四十七凡三頌皆同此意。期與至聖至神者合德，靜坐乃不生弊病。

二十・此頌至第二十三頌，一貫讀下。

二六・ 與羯陀書，壹，三，三至四，同義，喻善御者使馬就羈也。

二七・ 參彌勒書，陸，二十八。甘露滴奧義書（*Amṛtanāda 29*）——大致皆謂意志堅定而勤勇者，六月已可有成就。

二九・ 後半頌見摩奴法典中（*Manu 12, 19*）；又解脫書（*Kaiva. 1. 10*）全文。伊莎書（六）皆義同而文字微異。

四四・ 後半頌見彌勒書，陸，二十二。甘露滴書（*Amṛtabindu 17*）有云：（此即上二七所舉之甘露滴書，華文無譯本，「甘露」是「永生」義）『當知大梵有二：語言大梵及超上大梵。語言梵道既修，則臻至超上大梵也。』——此所謂「梵道語言之域」，謂韋陀，奧義書等。

柒・

二・ 參下拾叁，三十；拾捌，二十。又唱讚書，陸，一，四；蒙查書，壹，一，三。

四、五・ 諸奧義書相同之說：蒙查書，貳，一，三；解脫書，壹，十五；六問書，陸，四。

『由此超神我，遂生有生命，心思與諸根，

空、風、水、火，地，——持載宇宙者。』

八．五唯與我慢及智慧爲七諦，稱 *prakṛti-vikṛti*，加原本自性爲八，*aṣṭadhā prakriti*，然以原本自性與其所生七諦爲八而并列之，則無以見能生與所生之異，故薄伽梵歌代以「心思」爲八，此與數論異撰。

十二．以下五頌，釋如何持載宇宙，一貫讀。參僧祛論，十二：『喜憂闇爲性，照造縛爲事，更互伏依生，双起三德法。』

十九．萬有皆是渦蘇天，參史詩（*Śān.* 341, 33-35; 40）。

二三．參下玖，二十至二五。

二五．參上肆，六；下玖，七。

三十．參上弍，七二。

捌．

五．參上柒，二三，三十；本章下十三；下玖，二五。

六．諸奧義書相同之說：唱讚書，叁，十四，一；六問書，叁，十；（上弍，七二）彌勒書，肆，六。

九．『小于極微兮……顏色如太陽，超乎黑暗……』與白淨書，叁，九，二十，全文。

十一・「求者兮，終守貞潔……」與羯陀書，弍，十五，全文。

十六・輪迴之說，參下玖，二一；大林間書，肆，四，六。

二七・二道之說，早見于黎俱韋陀，亦屢見於諸奧義書，而調和於韋檀多經中。參大林間書，伍，十；陸，二，十五，十六。唱讚書；伍，十；考史書，壹，三。*Vedānta-Sū. 4. 3, 1-6.*

玖・十九・參下拾柒，二六至二八。

二一・參上弍，四二至四四；陸，四一；柒，二三；捌，十六至二五。大林間書。

二二・參 *Śāśvatakośa* 100, 292:——得所未得曰 *Yoga*，保所已得曰 *Kṣema*。

拾・三五・頌因陀羅之唱讚，參黎俱韋陀（如 *Rig. V. VI 46, 1* 等）。

四二・此義本之黎俱韋陀（*Rig. V. X 90. 3*）；亦見唱讚書，叄，十二，六。

拾壹・四・「瑜伽自在」即「瑜伽主」，亦見下拾捌，七五。

三四・此答上弍，六，阿瓊那之問。

三七・此頌分九層說。「超彼」參下拾叄，十二。

三八・此頌分七層說。

四十．「徧是」「徧覆」義，見蒙查書，弍，二，十二；唱讚書，柒，二五。

四六．此頌與前第十七頌見為一片光芒者，義非重複。

五五．商羯羅疏，謂此頌乃薄伽梵歌全書主旨。

拾弍．頌三、四為一句。

頌六、七為一句。

頌十八、十九為一句。

二十．以上七頌，說有所親愛，蓋就敬愛瑜伽云然。上玖，二九所云于衆生無愛憎，蓋就知識瑜伽而言。二者非矛盾。

拾叁．六．「忍」義見下拾捌，三三。

十三．參白淨書，叁，三；十一；十四；十六。

十五．「遠遁」義參伊莎書，五；蒙查書，叁，一，七。

十六．「無分」，為一也。參下拾捌，二十。

十七．「光之光」，參大林間書，肆，四，十六；「超出暗陰」，參白淨書，叁，八。

二五．回參肆，三九。

二七・回參捌，二十。

二八・「戕賊」謂墮于物欲也。回參上陸，五，六，七。

拾肆・五・三德之說見史詩（*Anugītā*）亦見摩奴（*Manu XII*）；三德之相互，亦見史詩（*Aśva 36* 幷 *Sāṁ. Kā.*）（前柒，十二條下）。

十四・參（*Sāṁ. Kā. 44*）。

十六・薩埵等業相，見下拾捌，廿三至廿五。

十九・回參式，四五。

二十・成梵道而入涅槃也。參上式，七二；下，拾捌，五三。

拾伍・一・『謂……』——誰謂？「宇宙樹」之說，早見韋陀中，亦見古奧義書中：（*Rig. V.* — *X. 135, 1; I. 164, 22; V. 54, 12*）（*Atha. V.* — *V. 4, 3; XIX 39, 6*）羯陀書，式，六，一；白淨書：陸，六。等

四・「我將」二句，韋檀多詩句也。

六・『彼處日不臨，月不照，而火不炬兮……』與羯陀書，伍，十五；白淨書，陸，十四，全文。

七・永恆一分，如瓶空；說亦見韋檀多經 *II. 3, 17; 43*。

十二．回應本章前六；前柒，八，九，十，皆同此意。

「唯我爲由諸韋陀，以知者兮……」與解脫書，卄弍，全文。

十五．（按：解脫奧義書 *Kaivalyopaniṣad* 漢文尙無譯本。餘皆見拙譯「十四奧義書集」）。

下半頌見解脫書，（如另篇「考證」同異條下已說）。或謂薄伽梵歌時代，尙無韋檀多學，遂疑此頌爲竄入者。實則「韋檀多」一名，早見於其他奧義書中，蒙查書，叁，二，六；白淨書，陸，卄二。故可毋疑。

拾陸．

說智說理，自第柒章起，至上章論變易者，非變易者，歸極於至上補魯灑，止矣。其次論智者愚夫之別，已於玖章，十一，十二兩頌發其端；而三德以薩埵性爲低等自性與高等自性間之一中介者，必且銷融而返於精神之源，然則發展薩埵性，直至其充滿精神之光明，靜定而悅樂，乃爲上達之本。必說此而後全書總結於第拾捌章，斯美滿圓成。

「堅定修知識瑜伽」，又可釋爲堅定修知識「與」瑜伽二者。參上肆，四一，四二。

一．自克，自制也。史詩（*Śān.* 160-163）。以「寬恕」，「堅定」等二十

八．五至三十善行歸之。其「眞誠」又攝十二善行。此種分類，多無一定。釋此頌頗有多說：一說「交合」，爲三德之相合；另說爲雌雄之合；另說爲因緣之合，則據上叁，十四，及（*Manu* 3. 79），說「食從雨得」云云。從摩闥婆疏。另說則據泰迪書，弍，一：『由彼「自我」而有空。由空而有風，由風而有火……』則亦因緣之說。

十一．「如是」，如云：人生以享樂爲目的。古有其說。

拾柒．

古之設教者，鮮不平實。陸，十六、十七，教人如何調攝，此章更教人揀擇食物。而第柒章智理之辯，至此章討論始畢。

十．食物清淨，則身心隨之清淨。蓋古訓也。參唱讚書，二六，二。

十四．參（*Manu* 11. 236）。

十五．參（*Manu* 4. 138）。

二三．此眞言也，諸書之說多不同。參六問書，伍。羯陀書，弍，十五至十七。泰迪書，壹，八。唱讚書，壹，一。彌勒書。陸，三，四。唵聲書全。

拾捌．

此章總結全歌，乃作四分：

一、頌一至三十九，論功德，心思，行業。

二、四十至四十八，說自性與自法。

三、四十九至五十六，說趨無上秘密之途。

四、五十七至七十八，開演無上秘密之教。

而伍，十三，說「自無所爲，弗使他有營」；玖，二十八，教「修棄舍以自靖」；肆，二十，說「營營舉措諸業」；拾弍，十一，且說「盡捐諸行之果」。——凡此若離若合，皆仍待闡明。

一. 「退隱」屬外表生活，「棄絕」屬內心生活。奧義書於此，多說外表者。如解脫書二；摩訶那羅書拾，二十一；蒙查書叁，三，六；大林間書肆，四，二十二。

十一. 參前叁，五。內中棄絕，而仍有委諸神明之行業，斯無業縛矣。

二十. 參大林間書肆，四，十九至二十。羯陀書弍，四，十一。

二三. 此頌乃行業無爲之眞諦。回參肆，十七，十八。

三六. 此頌後半與第三十七頌爲一句。

四十. 摩奴法典（*Manu 12, 48-50; 89-91*）中，薩埵性更分上、中、下三品，上品解脫，中品生天云。

四一・回應上肆，十三所說。至四四。自性生職分不同，數見於史詩。（*Vana* 180, 211; *Śān.* 188; *Aśva* 39, 11）

四九・此頌以下總括全書主旨，至六十六，最爲精采。五四、五五，兩頌乃本書最明晰之決定義，異於他派思想者。

五七・智慧卽平等性智。作事業而不存果報之想，回參式，四九；伍，十三。頌六五、六六，至祕之言，盡此二頌。

七十・「研詠」，卽「奉獻以研經，以學能」，回參上肆，卄八。

（按：以上與諸奧義書或全部相同，或相同而微異之處，大致具備。但有一事可資研究者，卽諸奧義書中之「無明」一字（*avidya*），在歌中乃代以「摩耶」（*māyā*），或「無知」（*ajñāna*）。然則薄伽梵歌雖全部承襲諸古奧義書之精神哲學，其時亦在此「摩耶」一字代替「無明」一字行世以後也。而「摩耶」最初乃見於白淨識者奧義書肆，十，見前。）

徵引（二）

元魏菩提留支譯提婆造「釋楞伽經中外道小乘涅槃論」，其第十二外道，即指此歌。文云：

問曰：「何等外道說見自在天造作衆生名涅槃？」

答曰：「第十二外道摩陀羅論師言那羅延論師說：

「我造一切物，（參歌玖，十三；拾，八，十五，二十。）

「我於一切衆生中最勝，（弍，六一。）

「我生一切世間有命無命物，（玖，十；拾壹，四三。）

「我是一切山中大須彌山王，（拾，廿三。）

「我是一切水中大海，（拾，廿四。）

「我是一切仙人中迦比羅牟尼，（拾，廿六。）

「我是一切藥中穀，（按：此句歌中無文，疑即玖，十六之第二句：「我」爲祀祖所薦兮，「我」爲蔬英——「蔬英」有「藥草」義。）

「若人至心以水，草，華，果供養我，我不失彼人，彼人不失我。（玖，廿六；
陸，三十。）

「摩陀羅論師說那羅延論師言：一切物從我生，還沒彼處，名為涅槃。（玖，七）
是故名常，是涅槃因。」

（按：薄伽梵歌勝義，至今世幾于闡發無遺，然其考據研究，
竊意猶有未盡。此條自拙著「考證」分中抽出，附存於
此，乃極有研究價值之一概史料。唯願治佛學者，按此
歌求之，則沈沈大藏中，類是必有可發現者也。）

刪去之名

克釋拏與阿瓊那，各有多名（見前），音節多少不一，以之填頌而使字句整齊，聲調諧適最便。譯入華文，多成累贅，有時且使詞氣頓塞故多刪去。茲錄某章某頌所刪何名，並所用代名詞於後，以便覆按：

壹．三五．摩脫蘇陀那
三六．瞻納陀那
四一．克釋拏
貳．三．瓦瑟業野
四．帕爾特
四．摩脫蘇陀那
九．古吒計舍
十四．高底夜耶

一六· 婆羅多
三九· 帕爾特
四一· 句盧難陀那
四九· 檀南遮耶
五四· 凱也舍筏
五五· 帕爾特
叁·二三· 帕爾特
三六· 瓦瑟業野
肆·九· 阿瓊那
三三· 帕爾特
四一· 檀南遮耶
伍·三· 摩訶婆和
六· 摩訶婆和
二二· 高底夜耶
陸·十六· 阿瓊那

三三．摩脫蘇陀那
三四．克釋拏
三八．摩訶婆和

柒．一．帕爾特
五．摩訶婆和
十一．婆羅多沙婆
十六．阿瓊那
二七．婆羅多
波南多波

捌．二．摩脫蘇陀那
八．帕爾特
十四．帕爾特
十六．阿瓊那
高底夜耶
十九．帕爾特

二二· 帕爾特
二七· 帕爾特
玖·三· 波南多波
七· 高底夜耶
九· 檀南遮耶
十· 高底夜耶
十三· 帕爾特
二三· 高底夜耶
二七· 高底夜耶
三二· 帕爾特
拾·十四· 凱也舍筏
十八· 瞻納陀那
二十· 古咤計舍
四十· 波南多波
拾壹·七· 古咤計舍

二三・摩訶婆和
三五・克釋拏
五四・阿瓊那
波南多波
五五・班茶縛
拾弍・九・檀南遮耶
拾叁・二・婆羅多
三三・婆羅多
拾肆・十四・高底夜耶
五・摩訶婆和
九・婆羅多
十・婆羅多
廿二・班茶縛
拾伍・十九・婆羅多
拾陸・六・沽爾特

拾柒．三．婆羅多

二六．泊爾特

拾捌．一．赫里史計舍

計與泥灼陀那

四．婆羅多索怛摩

補魯邏維耶宴羅

二九．檀南遮耶

三十．泊爾特

三一．泊爾特

三二．泊爾特

三三．泊爾特

三四．泊爾特

阿瓊那

三五．泊爾特

四一．波南多波

四八・高底夜耶

五十・高底夜耶

（以上「帕」「泊」二字通用。）

删名存代

壹・三七・「彼」——代删去之「遜多羅史德羅諾子」。

肆・一・「伊神」——代删去之「維伐思瓦」。

「再傳」——代原文「摩奴傳……」。

世界語文譯本統計

薄伽梵歌，幾於全世界語文，皆有譯本。古代之波斯文譯本，姑且不論；近代歐洲譯本，始於英人衞金斯（*Charles Wilkins 1749?—1836*）出版於一七八五年，蓋早於華文此譯，約一百七十年。爾後歐洲繼者接踵。大抵譯者多爲註、釋，或爲疏、論，或選譯，或全譯，或於譯文之外，印出梵本原文，或天城體，或以羅馬字譯音，或二者幷用。或譯爲詩句，或譯成散文，或文或質，各如其製，林林總總，而英文本較多，蓋英國之外，更有美國之譯、註等；有印度人用英語之所譯，所撰。而德人用拉丁文，法文之譯，則歐洲所嘗重者；茲因紙張定限，目錄無從出版，但據調查所得，至一九五〇年止，略存統計於此，俾讀者有所尋考焉。

梵文原本疏釋諸家　三十種

雪藏以南諸土方言譯本　十五種

遠東各國譯本：

華文　一種
日文　一種
（東南亞待查）

泰西各國譯本：

希臘文　一種
拉丁文　三種
法文　七種
意大利文　三種
西班牙文　三種
德文　九種
丹麥文　三種
荷蘭文　二種

瑞典文　三種

英文　四十四種

（英語論疏等）　九十種

俄文　二種

匈牙利文　一種

波希米亞文　一種

凡此，蒐錄或有未盡，有待專於各該種文字者訂正之矣。

薄伽梵歌

徐梵澄譯

Publisher :
SRI AUROBINDO ASHRAM
PONDICHERRY

南印度捧地舍里
室利阿羅頻多修道院
印刷所 華文部出版

香港亞歷山大廈二樓一一二室

香港室利阿羅頻多哲學會發行

SRI AUROBINDO ASHRAM PRESS,
PONDICHERRY
PRINTED IN INDIA

First Edition..................Feb. 1957

459/56/500

圖書在版編目（CIP）數據

薄伽梵歌 / 徐梵澄譯．—影印本．
—武漢：崇文書局，2017.10（2024.1 重印）
ISBN 978-7-5403-4693-5
Ⅰ．①薄…
Ⅱ．①徐…
Ⅲ．①史詩－印度－古代
Ⅳ．① I351.22

中國版本圖書館 CIP 數據核字 (2017) 第 187361 號

薄伽梵歌

責任編輯　梅文輝 (mwh902@163.com)
封面設計　甘淑媛
責任印製　田偉根
學術顧問　孫　波
出版發行　長江出版傳媒｜崇文書局
地　　址　武漢市雄楚大街 268 號出版城 C 座 11 層
電　　話　(027)87293001　郵　編　430070
印　　刷　湖北新華印務有限公司
開　　本　787mm×1092mm　1/32
印　　張　15.75
字　　數　200 千字
版　　次　2017 年 10 月第 1 版
印　　次　2024 年 1 月第 2 次印刷
定　　價　96.00 元

ISBN 978-7-5403-4693-5
01>
9 787540 346935